品味人生

2012年春节祖孙三代于成都百花潭公园

2012年春节于成都百花潭公园

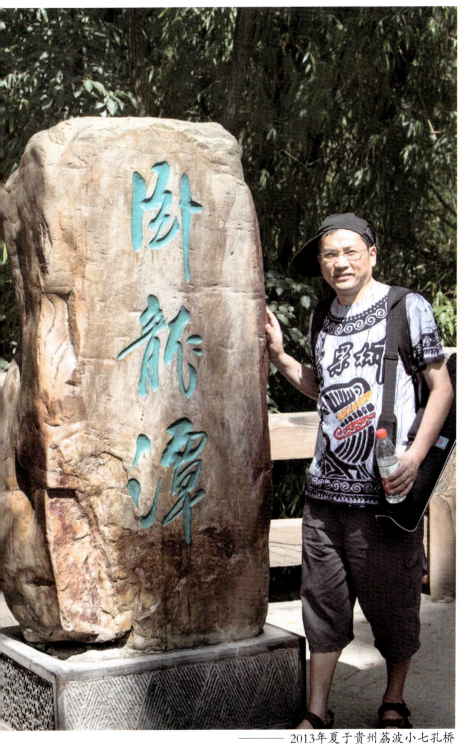

————— 2013年夏于贵州荔波小七孔桥

———— 2012年国庆于浙江乌镇 ————

2012年国庆于浙江乌镇

2012年国庆于杭州西湖

2012年国庆于杭州西湖

阅 读

胡躍先詩稿

流沙河题

胡跃先 著

四川文艺出版社

胡跃先诗稿/胡跃先著. —成都：四川文艺出版社，
2014.8（2021. 9 重印）

　　ISBN 978-7-5411-3914-7

　　Ⅰ.①胡… Ⅱ.①胡… Ⅲ.①诗集－中国－当代Ⅳ.
①I227

中国版本图书馆 CIP 数据核字（2014）第 129761 号

Huyuexian Shigao

胡跃先诗稿

胡跃先　著

封面题字	流沙河
封底题诗	游　畅
装帧设计	张　妮
责任编辑	张庆宁
责任校对	王　冉　舒晓利　文　诺
责任印制	喻　辉

出版发行　四川文艺出版社

社　　址　成都市槐树街2号

网　　址　www. scwys. com

电　　话　028－86259285（发行部）　　028－86259303（编辑部）

传　　真　028－86259306

读者服务　028－86259293

邮购地址　成都市槐树街2号四川文艺出版社邮购部　　610031

印　　刷　三河市嵩川印刷有限公司

成品尺寸　140mm×210mm　1/32

印　　张　8.125

插　　页　4

字　　数　170千

版　　次　2014年8月第一版

印　　次　2021年9月第二次印刷

书　　号　ISBN 978-7-5411-3914-7

定　　价　48.00元

江流百转终向前
——我读《胡跃先诗稿》
◎张淑萱

很高兴跃先君的诗集付梓出版了！几年前，诗友们在网络上以诗相会，相互切磋，跃先君的诗和诗风以其独特的个性给我留下很深的印象。他极重视别人对他诗作的评价意见，有着谦谦君子的胸怀，却我行我素，完全沉浸在自己的诗词世界里，"我手写我心"。他四十年与诗相伴，有着三十年写诗生涯，却谦虚地说，"真正让我大长知识的还是近几年来在中华诗词论坛上的广大诗友，是他们给了我极大的帮助，使我从一知半解到初步掌握了一些技巧"，"真正能够拿得出手的还是近几年来的一些东西"。其实看得出来，在这几年论坛生涯之前，他在许多方面已经有了深厚的积累。这本诗集共收录作品369首，写的多是自己几十年来历经风雨漂泊的人生阅历或真实感悟，或苍凉或豪放，或热情或清俊，捧读诗稿，为其慷慨苍劲的笔力，开阔的境界，真挚的情感而深深打动。如果没有长年的坎坷经历，没有风风雨雨起落浮沉中对诗的执着，怎么可能有他所谓的"近几年来的突飞猛进"？应该说，跃先君的诗集是厚积薄发，是三十年的心血的结晶，在当今诗坛上有着令人羡慕的成就。他的很多作品都是不可多得的精品，其成功超出想象。

一、诗话身世与亲情友情

在代自序的《诗话平生三首》与后记三首、《侠客行四首》等诗中，读到的是作者清晰的身世脉络。"少年曾住小荒村"，却得益于良好的家学传统，"一点灵犀传后世，万千风雨忆当时。篇篇夜读伴天籁，起效珠玑我莫迟"（《读父亲回忆录〈远去的黄城〉有感二首》）。《黄城冬日歌》中，青年时代的母亲是"文章学业冠群伦"。在这家有书香的环境中形成的是剑胆诗心和书剑意气："腰下常悬三尺剑"，"书废十年学尚存"。也许正是它对作者的人生经历尤其是诗词创作的风格产生了重要的影响。虽"半世飘零行路艰"，却"万里山河书未废"（《诗话平生三首》）；在后记三首中，更有"长空惯喜英雄气，大海犹惊壮士帆"的大气豪放。作者"洞明世事亦存过，熟读文章不畏寒"，有着真诚的自我反省和不懈的执着，而"子散妻离何恨绝，人生悲苦是孤单"，更是直面人生的悲苦。所幸"花开二度佳人续，品竹弹丝流水潺"，终得柳暗花明。在上述诗作中作者对身世自叙辞气苍凉，感情沉郁。《侠客行四首》中又多一些太白式的潇洒和飘逸，"放歌太白欲何往，万水千山听我鸣"，何等的意兴飞扬；"江山一担肩吾手，风雪千家埋客乡"，何等的慷慨与洒脱。但是，在大气豪放的后面，又有"伤心我独难欢醉，只为终生少计裁"，披露出个人的孤独与无奈；而"华夏年年多急雨，苍生一哭泪从容"，则跳出"小我"而至"华夏""苍生"，个人悲欢与家国忧患融为一体，可谓一波三折，回环不已。此外，《黄城冬日歌》《丁亥春节有感八首》《闻吾儿为稀参加工作有感二首》《赠颜尧均兄》等一系列抒写亲情友情的作品，歌与吟中遭际与真情相融，诗话个人及家人命运的起落沉浮，更有着时代影子的折射。

二、情寄江山与人生感悟

整本诗集369首中，壮写山水、吟咏风景名胜之作160首左右，占了近一半。作者游遍了川中诸多名胜古迹，并游历过渝、鄂、湘、赣、苏、沪、浙、云、贵、桂、京等地，可谓"读万卷书，行万里路"。在这些诗作里，从历史文化古迹到当代伟人故居，从家门前的茂林修竹，烟水渔帆到他乡的瑰丽山水，从浩浩长江到巍巍峻岭，可谓一幅万千风景的长画卷，其中沿着作者的生活工作足迹——大竹黄城寨、大竹城、成都、青白江写的诗作为数不少，对自己故乡和奋斗过的地方情有独钟。写江山风物，也是在写自己浪迹天涯的足迹；写绮丽风景，也是在写自己阔大的男儿胸怀和对生活的热爱；写大自然的鬼斧神工，也是在倾吐自己内心深处无法向他人道及的心曲；写名人遗迹，是在抒发古今之慨与发表独到见解。这些作品或绝句，或律诗，或词，或古风；或苍凉，或豪放，或厚重，或绮丽，令人叹服其笔力的雄健。这些诗作最大的特点是情景相融，几乎总有"我"的足迹，"我"的意志和情感。"我饮复长啸，挥笔著诗篓"（《幸福梅林》）；"我来二十载，春风驻心头"（《青城山咏》）；"我歌樱花下，我醉樱花前。回首往日事，岁月何其艰。倘得如樱花，快意似神仙"（《青江抒怀三十句》），几欲物我相融；"回眸一含笑，山风驻我颜。驱车别老丈，云霞尚满天"（《江油窦圌山题句》），酬与美景的是潇洒的情怀。王国维说"有我之境，以我观物，故物皆着我之色彩"，的确，跃先君笔下的景物虽不乏客观呈现，却更多带有浓厚的主观色彩，所表达的思想感情也比较强烈，也许这与其直率坦诚、特立独行的风格是相通的吧。

万县西山

石琴响雪未曾见，落日西山有夕阳。
人去楼空钟也杳，江流依旧照横塘。

万县的西山坐落于长江边上，革命烈士江雪琴曾于此进行地下党的工作并被捕。其建于1930年的西山钟楼是长江中上游一座标志性建筑。作者在这里只挑江雪琴和钟楼这一人一物两个意象，打破绝句起承转合的传统写法，前后两句各写一意象而并列呈现：前两句是夕阳依旧对照斯人不再，后两句以江流不息对照钟声已杳，每句之内的今昔对比，前后两句之间的虚实对比，从而营造出一种空灵的意象，读之生无尽的感慨。

三、吟咏人物与吟风弄月

在跃先君吟咏人物的诗中，有着一大摞人物的名单，从帝王将相（秦皇、汉武、韩信、诸葛）到文人墨客（司马迁、司马相如、杜甫、东坡），从近当代社会进程中产生过重要影响的政界著名人物（毛泽东）到文艺界优秀的诗人（柳亚子、苏曼殊等）、作家（鲁迅、茅盾等）、学者（胡适）、音乐家（刘天华、聂耳）、画家（齐白石、徐悲鸿等），林林总总近百首，可谓洋洋大观，在对其生平业绩精练概括的同时，或赞扬或讽喻，体现着鲜明的态度和独特的见解，体现着作者广博的社会历史知识和对这些人物的深刻把握。写秦始皇"扫清寰宇廓天下，千古长鸣霸主鞭"，注重于对其统一中国的肯定。成吉思汗"杀侵东亚与西欧，铁马留蹄神鬼愁"，对这位"只识弯弓射大雕"的帝王，作者更倾向于对其勇武征战的赞扬。写曹操父子，是"奸雄虽说无名目，吟出诗篇百世知"，也许是诗人的惺惺相惜吧，对历史留下的对曹操的"奸雄"之名未置臧否，却更爱惜其父子在文学史上留下的建安风骨。

诸葛亮

出师两表酬三顾，夕照祁山鬓亦霜。

蜀国萧条无后代，秋风铁马叹茫茫。

起句以精练之笔写"出师两表"，写诸葛的征战壮举，"酬"字很有分量，道出诸葛对刘备"三顾"求贤知遇的全心报答之情。承句以夕照、两鬓之霜的描写，让人看到一代名相鞠躬尽瘁、死而后已的形象毕现。个人认为这一句在本诗中出彩之笔，比起直叙其丰功伟绩要高明得多，含蓄蕴藉得多。因此转句顺势而下，写到诸葛之后的蜀国萧条，前后对比的手法运用得恰到好处，更以结句沉重的喟叹结束全篇。

　　谁说跃先君就只有粗犷豪放的一面呢？还想提一笔的是，在本书收录的五绝诗作中，似可见其另一面："我有千千结，随风上玉楼"（《闻蝉》），闻蝉而心动，低回不已；"风来可鼓浪，得雨更潺潺"（《观水》），看似平淡的实写之语，细品却透着哲理；"寂寂无多语，低眉含笑时。嫩红才放蕊，鸟已立芳枝"（《赏花》），笔触细腻委婉，赏的是花，何尝不似多情曼妙的女子呢？

　　前面说到，跃先君我行我素，完全沉浸在自己的诗词世界里，"我手写我心"。实际上，他的创作有着自己艺术上的特色。比如语言上，与作品性格大气豪放相应，其语言清雅晓畅，刚健有力。虽然，诗中仍有值得打磨之处，但总的不失为大气成功之作。"水是彩带分五色，浪翻急流作琴声"（《九寨沟吟三十二句》），类似这样的佳句却是信手拈来。纵观诗集中古风130多首，超过诗集作品的三分之一，30到50句的篇幅很多，最长者为七言长诗《峨眉山月歌　天下之胜在嘉州哀呈沫若》132句。如此多的长篇，却结构层次清晰，充分显示出作者对于作品结构把握的驾轻就熟。比如，《丽江行五十句》中，从"乘风到丽江——晨起满街转——小河随人走——又见拉什海——打马上山去——转车玉龙岭——归来木王府"，到结句"古有桃花源，今且感丽江。千年一叹息，我心已飞翔"，全诗洋洋洒洒50句而脉络清晰，无需读第二遍，已经对其美景流转了然于胸。诗贵真，在跃先君的这些诗作里，没有丝毫小儿女的故作姿态，有的是发自内心的自然流露，悲切也好，振奋也好，透出的都是率直和真诚。更可贵的是，作者虽经百舛，诗中有的只是"哀而不怒，怨而不伤"，于沉郁苍凉中透着一股子倔强与执着。

诗集读罢，余响犹在耳，这是一个历经磨难的诗人从心底里发出的强音。他自己说，"如果没有诗我不敢想象我会从容地走到今天"。江流百转始终向前，到底是诗人在推动着诗前进，还是诗使诗人奋进？总之，我要用这四个字结束我的全篇：感动，振奋。

2014年4月24日于深圳

（张淑萱：中华诗词书画交流协会常务理事、香港诗词学会副会长、香港诗词副主编）

七律　诗话平生三首 （代自序）

◎胡跃先

其一　十三元

少年曾住小荒村，不识烟霞妄自尊。

腰下常悬三尺剑，高堂未拜百重恩。

病来五月人消瘦，书废十年学尚存。

一自沧江惊岁变，山长水远过千门。

其二　十四寒

青春浪掷虚名翰，走马江湖未下鞍。

巴蜀千山花雨少，京华一夜鬓毛残。

洞明世事亦存过，熟读文章不畏寒。

子散妻离何恨绝，人生悲苦是孤单。

其三　十五删

半世飘零行路艰，曾经沧海几多湾。

青城夜月头飞雪，梅岭烟尘足踏关。

万里河山书未废，十年生死血犹殷。

花开二度佳人续，品竹弹丝流水潺。

目录
胡跃先诗稿

七律

七绝

五律

五绝

词曲

古风

附一｜对联十则 ………………………… 157

附二｜新诗歌词 ………………………… 161

七律

胡跃先诗稿

成都八景律诗八首

其一　杜甫草堂

秋风茅屋浣花溪，黄四娘家醉似泥。

一别长安孤月映，三分锦水双燕啼。

城中故径觅新酒，野外荒田学旧犁。

苦雨草堂何足看，且听万里报雄鸡。

其二　武侯祠

自从玉垒断浮阴，老泪混茫直到今。

古树参天掩碧瓦，青藤满地立黄禽。

墓门正对锦江月，华表斜侵蜀汉林。

千古君臣同一体，几人相忆柏森森。

其三　望江公园

崇丽高台鸣玉浦，薛涛孤井沐秋雨。

笺诗借重足风流，图画何曾全乐舞。

冷坐山中哀白云，笑看舟上飞红羽。

望江一派尽公园，倩女幽魂辉粉堵。

其四　文殊院

大乘文殊坐锦江，北城一带起烟光。

袈裟八百钟声急，信众三千法鼓忙。

殿下天王花吐艳，塔前舍利玉生香。

榴莲朵朵浮云霭，绿竹风中透水凉。

其五　青羊宫

入关老子捧经书，一对青羊随后居。

迎月楼中飞宝剑，送仙桥畔卜名墟。

妆成大殿千花舞，刻就巨碑百牒储。

莫道锦城无意趣，却听法老说玄虚。

其六　永　陵

力棺十二入空山，高耸永陵锦里间。

石马荒鸡嘶夜月，铁牛衰草忆雄关。

血溅中土宝输剑，泪洒征袍水到湾。

一醉千杯何得识，王建可有别君闲？

其七　百花潭

百花潭水水何愁，一脉清泉绕碧楼。

草树云山遮丽日，琵琶钟鼓入高秋。

奇松怪石竹根现，香液名花玉舸浮。

最是慧园看不足，锦江春色涌渊流。

其八　人民公园

鹤鸣只在少城中，帆影画船笑北风。
满目青山几个老，一轮明月古今同。
金河不歇流幽怨，巨石犹存泣鬼雄。
滴翠飞红庭院好，纹枰闲对酒壶空。

忆黄鹤楼

黄鹤楼空建业西，经年陈瓦换虹霓。
汉江烟水千涛涌，赤壁孤帆百凤栖。
漠漠龟山霜树晚，深深桃坞岭云低。
我来登上最高处，不见崔君见鸟啼。

忆南京玄武湖

十万江田白鹭飞，碧山岸柳浪声微。
楼船惊破秦淮月，燕子啼开牡岭霏。
一派清凉来夏土，百年鼙鼓到边围。
英雄回首沙门寺，湖畔弹歌慢拍挥。

乐山沙湾郭沫若故居

贞寿之门仰巨星，骚人千古一香翎。
峨眉山月照人影，大渡涛声浮玉萍。
勤读沙湾学问在，留洋三岛壮怀铭。
十年磨剑走天下，从此文章耀汗青。

眉山三苏祠

父子三人洵轼辙，文章道德庶民知。
欧阳慧眼识才俊，苏氏脱颖出岸陂。
硕学千秋江海仰，佳人万古水云思。
眉山大笔高天下，两宋而今尊一时。

芦山地震

一从大地立秋山，灾害年年降世间。
才哭汶川霜雪重，又悲芦雅泪衣潜。
自来西蜀多哀痛，常见中华有劣顽。

生死阴阳谁可卜，但教今夕渡雄关。

中国梦

中国雄居天地间，秦皇汉武耀人寰。

雁飞北岭千山外，船到南沙万水湾。

鸦片百年和泪血，人民五亿斗凶顽。

红旗高举长征路，试看明朝梦又还。

纪念毛主席诞辰120周年

其一　建　国

萧萧最是中原凉，满目烟尘哀痛伤。

铁血孤军三万里，雄文四卷二千张。

为能拒蒋临重庆，不怕援朝战虎狼。

遍地神州歌锦绣，天安门上自辉煌。

其二　建　设

前途到处苦难多，六亿人民尽伐柯。

大海曾经移壮志，高山未必不消磨。

诗吟千载步朝日，雷击万钧斥美俄。

三个划分恩义在，大洋之外泪婆娑。

致故乡

记得家乡一树杉，秋来叶落隐深岩。
作舟常可渡兵马，造纸尤能书信函。
山不在高但有魄，人唯具识便无谗。
我今离别八千日，遥念卿卿梦入帆。

加入中华诗词学会有感

人生五十历沧波，天助物华耐岁磨。
诗写千秋新境界，文从万里旧山河。
杜陵病酒哀时痛，李白高歌伐乱柯。
绝代风骚朝夕读，中华有我未嫌多。

加入香港诗词学会有感

香江鸿雁自南飞，西到四川声更奇。
十载学诗功不负，半生摘句影堪悲。

杜陵于此歌新笋，李白从今弃旧词。

我欲探珠游丽海，太平洋上任风吹。

侠客行四首

其一

四十年来侠客行，风流倜傥到今生。

锦江细雨溪惊梦，玉垒浮云雪断莺。

杨柳不飞豪杰泪，长亭要奏故人筝。

放歌太白欲何往，万水千山听我鸣。

其二

走马江湖扫暮埃，英雄无奈鼓风雷。

庐山夜雪溪头望，晓寺钟声月下来。

未养门前三万客，何来幕府百年开。

伤心我独难欢醉，只为终生少计裁。

其三

曾记当年草木霜，鸡声茅店俱荒凉。

江山一担肩吾手，风雪千家埋客乡。

妻子萧条多有泪，男儿痴绝莫伴狂。

湖边杨柳争春色，花落花开叹自忙。

其四

少年曾慕天都峰，剑胆琴心倚客松。

万里黄山翻作浪，千年五岳化为钟。

人来学道穷思变，我欲寻仙愧伏龙。

华夏年年多急雨，苍生一哭泪从容。

成都二首

其一

天下成都叹我迟，蜀王开国未能知。

一声杜宇鹃啼晓，千堰都江花报时。

临笔杨雄兰沼下，醉杯李白翰林司。

春秋三传从头读，万里桥边诸葛祠。

其二

我来蓉北十三年，雨雪霏霏杨柳天。

曾记薛涛千叶竹，更吟昭觉一炉烟。

古梅花谢因开早，宝剑锋残只为坚。

黑发如新人已瘦，独留枯骨锦江边。

2012龙年春节有感

二十年来几度春，残山剩水一流人。

霜花冻雨江南走，冷石寒泉北国湮。

玉笛声声翻旧叶，桃红朵朵灿新尘。

我今长作西川客，杯酒频添别有神。

牡丹亭四首

其一

姹紫嫣红满眼开，春光冉冉踏歌来。

吹箫燕雀隔山听，弄叶桃花傍水栽。

尽染画图烟柳色，重翻书卷大风雷。

梅郎欲学纵横客，万里何期埋巨才。

其二

啼血杜鹃是丽娘，牡丹一别忆萧郎。

莺声滴泪为多恨，燕语吹歌只少狂。

细柳风前寻浅起，斜阳雨后待深藏。

残垣断壁谁看得，红玉倚栏理素妆。

其三

男儿把剑有悲声，如洗囊空堕雪城。

大海茫茫惊乳燕，雄关漫漫困残营。

人生百代少知己，江水千年多故筝。

梅子失芳无讯息，丽娘泪洒一孤茔。

其四

石榴树下怨西风，亭畔牡丹双杰雄。

杨柳数枝吹玉叶，渔歌几曲动残红。

书生有泪皆为血，倩女离魂总作虫。

四梦临川多是哭，雨荷声里雾蒙蒙。

咏怀母亲八首兼诉衷情

其一

一别家山两渺茫，秋来四十墨痕装。

燕云万里雨溅泪，锦里三分血浸裳。

宝剑轻挥歌碧玉，红茶细品醉他乡。

声声长叹归来也，白发萧萧乱草岗。

其二

先君啼泪我先闻，起病原来在自门。

一女三男皆已立，九丘八索未多存。

萧墙有祸猛于虎，王佐无才愧向轩。

一曲长亭歌唱晚，哀魂响处是山村。

其三

文采风流我自知，雄姿英发忆当时。

黄城寨上前头事，东柳河边旧日葵。

李白醉杯呼小友，少陵欢笑任吾师。

唐人三百会心读，衣袂翩跹随意驰。

其四

文字心声血写词，一生寥落已能知。

少年曾读白蛇传，老大翻为梁祝诗。

桥下御河牵宝马，楼头云树染胭脂。

如何常作岭南客，阿母痛儿堕泪时。

其五

此去南来第一家，诗书礼易共增华。

樽前谈笑弟兄在，雨后狂歌落日斜。

锦绣人间长作梦，瑶池天上永为霞。

坟头春草年年绿，醉倚栏杆看石花。

其六

江山万里红尘照，一片东风花盛开。
菽水承欢难再德，秋桐带泪有余哀。
梁鸿不改白头约，贾谊应知旷世才。
八十老翁犹健饭，题诗夜夜响惊雷。

其七

千山万水漫游空，秋月春花滴酒红。
宋祖唐宗多苦恼，秦皇汉武亦穷通。
泪痕涕出江头雨，血剑吟成天际风。
明镜高堂看不得，一声长啸是英雄。

其八

上场万户唤吾身，记得去年谒蓟滨。
落笔曾惊三峡雨，学诗偏好五陵呻。
巴山蜀水争千里，地北天南共一轮。
当代沫公非我份，一生愿作大江人。

丁亥春节有感八首

其一　大竹黄城寨

一望悬崖顶上头，东川绝地已千秋。

大王征战皇城渺，进士簪缨圣迹留。

滴水岩前磨铁剑，小东楼上射金鸥。

无穷感慨争天地，吟遍江南十二州。

其二　周家胡氏老宅

一阁飞来万寿宫，雕梁画栋插天中。

斋前新雨染平屋，馆外云仙游上风。

园主中庸茶亦绿，老人豪放剑更红。

围炉夜话听残叶，绕膝儿孙紫气东。

其三　母亲黄太夫人之墓

一湾流水过田家，此地高丘垒白沙。

双鲤滩头双鲤跃，天池山上天池嘉。

北国神瑛成妙手，南方乔木绽奇葩。

帧帧合影亲情见，暂别弟兄向海涯。

其四　祖母冷太夫人之墓

二十年来居此山，背依仙客坐金兰。

夜闻洗马滩头雨，晴听柳州寨上鸾。

淑水承欢从古易，孝忠兼顾自来难。

人生百岁何由达，鞭炮声中清泪弹。

其五　祖父胡公茂修先生之墓

寨下黄城天主湾，脉纹直向小东山。

水流八百海犹壮，鹤舞千回云更闲。

国难吊民非霸主，家园罚罪是乡关。

如烟往事依稀在，跪伏林泉动九班。

其六　外祖母黄母涂氏老孺人之墓

青藤满目景阳开，三十年前我哭来。

当日儿童颜已老，今时杨柳树犹栽。

白棺守孝无余子，红烛庆功有巨才。

雨落潇潇烟气近，弟兄个个泪声哀。

其七　周家太平寺

日上中天访太平，双双俪影柳林清。

杏花照出鸳鸯镜，古井荡开龙凤城。

大殿嵯峨香火远，红楼逶迤鬼神精。

壮观极目青天外，一曲凌空放鹤声。

其八　大竹城

八景东川有竹阳，柳溪河水是家乡。
西山晚照秋鸣笛，北塔晴岚夏映塘。
自古赉人称武勇，从来巴国乐文章。
我生于此真豪迈，别后重来看梓桑。

李白生日有怀

太白高歌走日边，江山千古美名传。
一身傲骨惊天下，万里狂沙啼杜鹃。
烽火年年游子恨，诗花片片豪情旋。
而今只道谪仙子，谁及大唐有青莲。

吟杜甫

家山一别已千秋，独自伤心忆旧游。
月落唐宫花欲碎，诗吟蜀国鸟含忧。
洞庭湖上哀词客，薛荔城头困雪舟。
老病犹怀天下事，繁华看尽泪空流。

咏武则天二首

其一

红颜惊艳已千春，关内剑门一丽人。

花谢花飞秋露水，人歌人哭夏芙蕖。

大明宫里常留恨，无字碑前应有真。

此去媚娘无讯息，莫教家国泪盈巾。

其二

芬芳过后总成空，皇泽寺中听梦冲。

魂断杉椤千里外，香消上国五湖东。

山中孤树生残月，池畔鸳鸯映落虹。

日月当空非复昔，乾陵岁岁哭秋风。

鲁迅　王国维　胡适　林语堂四首

鲁　迅

越女复仇在会稽，青藤描画钓山溪。

何当去国窗含烛，未敢居吴墨写闺。

马上嘱文歌易水，樽前谈笑夺春霓。

情深只为大悲愿，遥看中华草掩堤。

王国维

沉水不堪草木霜，西园月落古秋凉。
人间多难失颜色，词话无能报大王。
绝学千秋神韵在，衣冠万国情怀伤。
坟前古柏标天际，且听依稀说汉唐。

胡　适

自古黄山多雅士，先生骨格最标高。
挥尘力透三千里，讲学精深万古毛。
中国哲人推亚圣，东方白话输儿曹。
神游只在青天外，海国仙山痛泪淘。

林语堂

京华烟雨伴秋风，和墨书生蜡炬红。
鸟听木兰悲燕语，泪溅老衲感时翁。
东坡啼血诗千首，英岛弹歌山万崇。
莫谓西崽无面目，英雄权自作哑聋。

茅盾 老舍 郁达夫 沈从文四首

茅 盾

林家铺子亦堪悲，春柳无丝心已危。
海上数年三日过，庐山一别万机辞。
红颜贪慕成才士，子夜长歌壮大师。
莫问神仙前昔树，旌旗飘舞白云随。

老 舍

正红旗下有奇儿，祥子骆驼是业师。
嫩月一弯风过苦，龙须数茎雨来迟。
茶园烹绿传仙道，翰墨留香泛柳枝。
可叹寻仙归去早，太平湖上一书痴。

郁达夫

早岁便闻班马才，富春江上杏花开。
沉沦只为伊人笑，玩世且迎紫气来。
文醉夏荷惊丽日，诗描秋水上高台。
翩翩最是风流士，对酒当歌酌满杯。

沈从文

小小边城一少年，不驯野马渡流船。

最堪翠翠一山绿，亦喜夭桃万水妍。

未有香山云慈雨，且看青岛丽珠婵。

故宫重叶轻轻启，深处朱红听杜鹃。

读父亲回忆录《远去的黄城》有感二首

其一

远去黄城梅一枝，故园千里雪丝丝。

达蓉孤寂清秋月，秀谦壮怀西汉词。

一点灵犀传后世，万千风雨忆当时。

篇篇夜读伴天籁，起效珠玑我莫迟。

注：达蓉即我母亲，秀谦即我父亲。

其二

人生难得是风霜，九十华年几许凉。

烟树难收旧雨恨，亭云又看妙文章。

黄城缈缈山依在，白水萧萧花自芳。

彩月能追千里马，儿孙个个悉争忙。

闻吾儿为稀参加工作有感二首

其一

秋水无痕似有痕，荒原千里听涛喧。

美人应约黄昏后，碧草盛开小院门。

五十琴弦翻极乐，十年宝剑走乾坤。

我来重赋清平调，涕泪交横共一樽。

其二

铜锣明月印秋霜，大竹城高生夜凉。

父母忠贞只为国，男儿英武便还乡。

雄心一片辞东柳，史册三千到岳阳。

衣锦荣归光日月，百年兴叹几沧桑。

致爱妻廖琦二首

其一

曾为翡翠写翰青，松竹轩中听凤鸣。

丽影红裳飘尚在，金香玉质唱犹生。

三千故国同飞泪，万里云天总系情。

旭日会当天际乐，花开常照锦官城。

其二

河中清水有涟漪，二十年前人更奇。
不改徐娘春柳面，依然桃杏夏花枝。
嘉陵江上迎繁露，西岭山头树赤旗。
一片冰心情愈迫，感伤说到已声悲。

贺岳母大人八十寿辰

少小聪明读女中，合州江畔现飞虹。
勤劳赤手托孤月，革命忠心为大同。
已养门前云淡竹，又看岭下玉青骢。
人生八十犹豪迈，再唱秋阳乐晚风。

枫桥怀人

曾记枫桥绿水边，孤鸾照影出红莲。
宝琴但为使君抚，薪火亦随家国传。
万里死生成契阔，百年忧乐到桑田。
如何又作他人妇，长教漂流别路船。

赞林峰先生

命托风流自不居，书香千里满江渠。
鹏城设帐春风暖，港粤谈兵冬日除。
作画常传名士韵，题诗更享高人誉。
大江歌罢秋声唱，争睹先生一钓鱼。

赞张淑萱女史

南国盛开萱草花，歌声一夜到天涯。
美眉聪慧人争羡，女史侠情佛亦嗟。
诗写风流怀古韵，名传艺苑奏琵琶。
何当有字赞人杰，清照邀她共品茶。

贺游畅辛卯年小集

曾闻吴越多佳士，今读华章又感君。
踏雪访梅成百首，呼风唤雨动千军。
梦回唐宋几新页，情在江南一旧云。

唱到天涯孤客泪，解人飞絮已纷纷。

赠颜尧均兄

本是竹乡两弟兄，经年暌隔不相逢。
吴刚桂酒我曾饮，太白诗章君未从。
闻道不分先与后，寄情唯有淡和浓。
如烟往事俱评说，露上栏杆秋几重。

《胡跃先诗稿》正式出版，步杜甫《秋兴八首》以寄

其一

四十年来依翠林，书山学路阵云森。
读诗半夜月华白，踏雪千家草木阴。
志壮情真怀古韵，天荒地老动凡心。
一腔热血凭谁寄，巴蜀锦江听暮砧。

其二

碧水青江日影斜，我来此地见霜华。
半生潦倒实多怨，千里穷愁虚少槎。

子散妻离悲泣血，山高路远苦吹笳。

人生常叹无知己，夜夜绕墙看落花。

其三

成都八载伴清晖，千树梅花映翠微。

水冷风寒春已老，乌啼月落雪还飞。

几家过客酒频劝，一地鸡毛事更违。

曾记伤心离别日，苦情多处减腰肥。

其四

世事从来似弈棋，申江旅次尽含悲。

原来风物不归我，从此繁华未称时。

黄浦夜船送月早，东方宝塔迎晖迟。

一年三百天难老，总在人前说苦思。

其五

半轮日月对江山，每在沧海云雾间。

北走京华承露冷，西来巴蜀动禅关。

一歌未唱人嗔佛，万里同悲鸟识颜。

阔大雄心无处发，青城岩下寄朝班。

其六

合江亭北锦江头，蜀水巴山感叶秋。

儿女英雄存大义，诗词潇洒记穷愁。
薛涛巷里风鸣笛，杜甫堂中水击鸥。
且向舟中饮一酌，此身如在小瀛洲。

其七

虚名半世少丰功，一卷书成全在中。
春夏秋冬皆入味，汉唐辽宋俱同风。
千秋家国霜华白，一笔文章生意红。
烟水苍茫自有道，回头但看老渔翁。

其八

人生南北自逶迤，恨海情天入美陂。
玉树临风花吐蕊，金乌泣露鸟栖枝。
但将好事归因果，莫待春云付动移。
更有长江推后浪，高歌泰岱不低垂。

七绝

胡跃先诗稿

京都十咏

其一　香山红叶

金红万点泼春山，白日东风斗玉关。

不作英雄花下客，望穿秋水是台湾。

其二　颐和园昆明湖

点染苍山化外工，停车坐爱古今同。

湖中明月入心醉，慈禧当年是女雄。

其三　长城八达岭

青云霭霭出雄关，虎踞龙盘未可攀。

阅尽人间无限恨，旌旗飞向大江边。

其四　明十三陵

库塘自在画中央，南雁高飞起大堂。

万历风流多罪孽，长埋地下泪汪汪。

其五　故宫博物院

万岁山前多壮观，长安回望笛声残。

南来北往千秋雪，一夜纷纷丰泽园。

其六　北海九龙壁

老人仿佛是神仙，一部易经随处看。

说到三皇五帝事，九龙壁上细心观。

其七　八宝山公墓

公主坟连八宝山，高坡红土尚称闲。

千回哀乐声声唤，一笑云霞顶上边。

其八　郭沫若故居

银杏几枝亲手栽，前身李白下瑶台。

乐山沫水千秋在，月动花飞有客来。

其九　中南海西花厅

张良奇算子牙功，谋略神州在此中。

二十六年名相业，辛酸说尽泪蒙蒙。

其十　毛主席纪念堂

秦皇伟业唐宗烈，汉武霸才宋祖德。

最是天骄志已成，江山终未变颜色。

长江二十咏

其一　重庆南泉

南泉人说有仙女，我自逍遥步暗苔。
岁月洞中谁可识，夜深啼泪响惊雷。

其二　重庆北泉

白帆点点锁江关，绿树红墙水意潺。
洗尽人间多少怨，梅花朵朵哭千山。

其三　万县西山

石琴响雪未曾见，落日西山有夕阳。
人去楼空钟也杳，江流依旧照横塘。

其四　瞿塘滟滪堆

风吹一叶烟波上，峡谷深深白雾茫。
号子喊开千里月，何时才得到浔阳？

其五　巫山神女峰

翠竹烟岚翠竹溪，潇湘流满雨飞啼。
君心一片是明月，回首巫山云已低。

其六　湖北西陵峡

击鼓深山战未央，风雷万里血汪洋。

将军本是汉家子，丈八蛇矛点金刚。

其七　汉阳楚王台

归元寺近楚王台，曾记娇娘款款来。

竹叶不闻山野调，红梅几日为君开？

其八　武昌东湖

风暖沙明树亦森，江楼半隐月鸣禽。

珞珈岭下好春色，啼鸟三声梦正沉。

其九　黄冈赤壁

滔滔远望水云间，一片殷红万仞山。

诸葛东风来入梦，千秋热泪对君潸。

其十　洞庭湖岳阳楼

赤壁歌吹到岳阳，连天烟雨莽苍苍。

小范老子今何在，泪洒长江心意狂。

十一　九江浔阳亭

浔阳江畔坐凉亭，曲水流觞任纵横。
一醉千秋酬智者，香山来接宋公明。

十二　庐山大戏院

上得山来雪满天，北风吹折万松旋。
窗花零落云迷眼，一夜伤心是杜鹃。

十三　南京中山陵

紫金峰下拜高台，翠竹青松次第开。
北地南天豪杰在，中山舰上有雄才。

十四　南京明孝陵

石牛石马卧荒丘，蓑草寒烟几望收。
皇觉寺中迦叶抖，一声长啸天峰头。

十五　苏州寒山寺

不闻檀馨已千年，错把乌名当乌玄。
记得留园忠义府，英雄自古有奇禅。

十六　苏州虎丘

最是秋香动我心，虎丘山下绕余音。

而今千载唐伯虎，如泣如歌见情深。

十七　上海鲁迅墓

情到深浓泪自流，一篇伤逝意何柔。

人言可畏传千古，屈子当年赋莫愁。

十八　上海苏州河

八百英豪血未痊，炮声又到大江边。

苏州河下春江水，流尽忠魂几万千。

十九　杭州岳王坟

少年心性壮雄血，戎马关山头未裂。

莫哭风波泪上亭，西湖到处留伤别。

二十　杭州六和塔

江上钱塘起我身，西湖山水钓丝纶。

登高望远书生意，看破红尘几度春。

滇黔四题

其一　西山龙门杨升庵

状元那日谪西滇，眼泪婆娑望四川。

三国英雄今不在，血吟一曲临江仙。

其二　聂耳墓

北海滇池两可伤，苍天何事促君忙。

风云儿女桃花劫，当哭长歌年少郎。

其三　昆明大观楼

烟水江湖秋意浓，大观楼上数英雄。

先生如跃滕王阁，笔动山河孙髯公。

其四　贵阳花溪

一段伤心痛断肠，花溪曾是我家乡。

阳明山水非吾爱，夜夜孤魂到大唐。

黔桂十日游十绝句

　　2013年8月9日，与爱妻、特弟、梅妹等一行八人自驾游黔桂，观娄山关、黄果树瀑布、荔波小七孔桥、巴马水晶宫、凤山三门海、兴安灵渠、桂林象鼻山、漓江、阳溯、遵义会议会址，做神仙客，逍遥无比，归来有黔桂十日游绝句十首，与诸君共分享，八月二十日于成都青白江。

其一　遵义娄山关

岭上雄关听大风，当年鏖战血犹红。
弹飞如雨杀声急，从此高歌见彩虹。

其二　安顺黄果树瀑布

一山飞溅万高峰，瀑布响雷惊若龙。
滚滚人涛争拜谒，滩前戏水更从容。

其三　荔波小七孔桥

小七孔桥卧大江，路通黔桂但行舡。
飞流直下龙潭雨，两岸红花渐入窗。

其四　巴马水晶宫

水晶宫在瑶山陂，千洞万门钟石奇。

鹅管玲珑惊世界，美轮美奂总相宜。

其五　凤山三门海

三门海上草莺飞，溶洞狭长树影依。

舟小滩多浪亦险，霞光白雾照人归。

其六　兴安灵渠

湘漓源起在灵渠，汹涌水波于此疏。

堤上秦皇碑尚见，涛声依旧不闻嘘。

其七　桂林象鼻山

象鼻之山临桂都，江流婉转变通衢。

我来船上一留影，眷侣神仙入画图。

其八　桂林漓江

烟雨漓江翠绿堤，桂林山水游人迷。

竹排千里风相送，九马华山迎面嘶。

其九　桂林阳朔

十里画廊处处佳，遥看月亮山之崖。

大榕树下歌声起，阿妹阿哥排对排。

其十　遵义会议会址

小楼独立势崔嵬，八面来风春可回。
空谷传音留绝响，红军到此出雄才。

蓉城八首

其一

曾记明霞照眼来，雪欺霜压未曾开。
香魂一缕随芳去，赢得春花处处栽。

其二

枣子高楼有玉槐，谈诗论曲到天街。
可怜十五元宵夜，词话人间地底埋。

其三

九眼桥头听水真，奔驰万马大江滨。
一江翡翠擎于手，哪个敢当风雅人？

其四

咏得百花潭水西，桃红柳绿压高低。

莺声燕语几多爱，正值春风着意迷。

其五

才闻仙鹤居茅屋，又见人间冻死肉。

多少秋风夜雨时，悲鸣荒野鬼神哭。

其六

古祠摇落实堪摧，狐鼠横行尽劫灰。

啼哭一声豪杰泪，英雄拍马下山回。

其七

如梦如痴万事空，斧声阵阵蜡灯红。

难忘江畔叮咛语，一代风流各自东。

其八

灯红酒绿觅香姬，正是先生落难时。

块垒难消千载恨，风中何日展春旗？

旅次上海八首

其一

来去匆匆未有机，犹吟井水照人稀。

忽然听得莺啼啭，惊破巫山断别闱。

其二

翠绿千竿斜日外，小园春水雨迷离。

江南风景时时好，拣尽寒枝何处悲？

其三

一颦一笑芙蓉里，花落花开山色中。

梦境才逢窗下见，烟霞又叹化清风。

其四

半点樱桃带露开，浓荫一片我曾来。

谁知昨夜西风紧，满眼争看旧漉台。

其五

梨花开处响金乌，小院香深入玉壶。

最是伤心春夜月，流连不肯过西湖。

其六

一女嫣多有木乔，芙蓉花谢尽风凋。

多情笑我空空许，未步良辰向碧瑶。

其七

半江渔火到长沙，幽梦几帘照晚霞。

独立寒窗情不适，春申江畔泣秋花。

其八

人间四月花如锦，一树当开日日新。

但得甘泉勤自灌，白云出岫赏高椿。

历代英雄豪杰赞

秦始皇

坠落王纲八百年，东周列国起烽烟。

扫清寰宇廓天下，千古长鸣霸主鞭。

汉武帝

刘邦举义克强秦，楚汉相争决孟津。

无奈未能平漠北，英雄踏破贺兰尘。

唐太宗

胡马乱华到大唐，山河破碎战玄黄。
贞观之治歌千叠，万国来朝日月长。

宋太祖

陈桥兵变破三代，十国纷争花不香。
甲马营中天子出，大江南北泛红光。

成吉思汗

杀侵东亚与西欧，铁马留蹄神鬼愁。
若个子孙谁努力，忽必烈上最高楼。

曹　操

父子三人操丕植，英风浩气动王师。
奸雄虽说无名目，吟出诗篇百世知。

朱元璋

皇觉庵中一寻常，元朝天下看灭亡。
英雄飞出乾坤剑，搅得周天雪野茫。

康　熙

少年天子霸江山，平定中华统台湾。

一战功成尼布楚，留芳青史白云闲。

历代名相赞

李　斯

谏逐客书始有名，天开文字费精神。

咸阳火起焚书后，手把佳儿入地尘。

诸葛亮

出师两表酬三顾，夕照祁山鬓亦霜。

蜀国萧条无后代，秋风铁马叹茫茫。

王安石

砥柱中流危石安，闲来还赋褒禅山。

直前勇往何居后，已有江花照月还。

张居正

神宗年幼不知国，幸有孤忠破旧苔。

可惜功成身不退，牵连九族化寒灰。

历代文人墨客赞

司马迁

宫刑不可辱斯文，自有天才绝世芬。

巨著煌煌彪万古，篇篇都见血痕薰。

司马相如

文君煮酒传佳话，名士风流雕汉章。

说尽长门多少怨，终教神女感襄王。

李清照

独上兰舟意自凄，飘零四海草离离。

晓风残月兼豪放，写尽南朝扇底诗。

陆　游

骑驴不怕过荒村，驿外寒梅香自闻。

诗上风雷惊大梦，示儿还教祭忠坟。

蜀中先烈六人赞

赞熊克武

锦公德政在人间，桃李春风遮翠栏。
曾记当年秋夜月，夕阳又照满山峦。

赞朱德

身先士卒气冲霄，早把英雄姓字标。
敢借移山填海志，踏平蒋贼霸王桥。

赞刘伯承

将军拔剑起天风，一柱西南战火红。
五十余年多少事，千秋高唱大江东。

赞杨闇公

先生尔雅伴风骚，羽扇纶巾射大雕。
骂尽山城鸡狗客，断头拔舌亦逍遥。

赞刘湘

忠勇一生天下知，匈奴未灭恨当时。
将军陵墓高千古，锦水城南诸葛祠。

赞李家钰

生为兄弟死更亲，花谢芙蓉泪亦纷。

坡上寒烟霜色重，至今人哭李将军。

自题偈语六首

其一

半是孤僧半是仙，枯禅打坐日高眠。

一行小字悄中练，还有诗词在枕边。

其二

参透机缘才是家，半生未敢见浮华。

东西南北我行走，烟雨一瓢又带瓜。

其三

钓竿日日在胸中，处处清波见鲤红。

水复山重何得觅，沉鱼落雁看飞龙。

其四

孤僧行遍半云空，风雨长歌酒意通。

女子悄吟莫再问，把弹血泪与君同。

其五

惊鸿一瞥暗飞声，照耀萤光出白翎。
昨日突来风雨夜，枯枝败叶满香庭。

其六

我本空山一怪人，高山流水有乡亲。
伯牙不遇钟期子，何用弹琴到暮春？

春兴六首

其一

桃杏满天花欲飞，几人相忆在江矶。
春风夜渡潇湘水，灯火月圆归不归？

其二

三月春阴花渐开，迷蒙细雨下楼台。
芭蕉林里双飞燕，任凭风吹雨打来。

其三

踏歌欲向水边行，风景年年似海生。
两岸桃花看不尽，暂停山寺待清明。

其四

梵音深处曲栏红，白鹤双双舞在空。

大士高谈和谐语，枇杷巷里沐春风。

其五

寻芳不见在花溪，偶有蜻蜓爬杏梨。

小圃菜蔬多自许，拾他几叶喂家鸡。

其六

山头清水响流淙，手抱琵琶听一泓。

我自江边船上坐，香风过处有英雄。

五律

胡跃先诗稿

九月二首

其一

香气袭人近，秋风又一年。
树高云影动，水浅草鱼翩。
饮酒菊花盛，品茶诗意禅。
临窗听落叶，恰在绿阶前。

其二

寒潭生绿水，花落紫山巅。
一夜秋风冷，万家灯火怜。
幽思宜苦读，好梦可安眠。
何日登高去，凭轩看大船。

也咏中秋月

光影亦何出，人间意不如。
有花唯冷艳，无客自清徐。
水好鱼难润，山圆笔未疏。
君今楼上坐，何必弄樵渔。

咏　竹

养在万山处，谁人不识君。

窗前含绿水，岭下映红云。

风动鸟还住，雪来香更薰。

长看箫管里，志士托千斤。

咏潮儿

风神颇俊朗，常慕旧溪山。

种竹西窗下，踏歌东海湾。

习文能作赋，怀义可安蛮。

爱读千秋史，心随云样闲。

纪念毛主席诞辰120周年

华夏陆沉久，神州秋意凉。

统兵多益善，治国少康强。

千载嬴秦继，万山诗赋长。

高天唯厚土，落叶感苍茫。

谢冰心　苏雪林　林徽因三首

谢冰心

橘灯燃照久，春雨透云深。

一叶苍苍发，万山冉冉侵。

易安亲草蕙，班女识金针。

问道斜阳里，高祠有古音。

苏雪林

宝钗蘅芜院，黛玉湘妃竹。

雪艳花中人，林栖山下鹿。

文姬辨汉碑，鱼女知仙卜。

月白风清时，黄山埋遗馥。

林徽因

语爱泰戈尔，魂侵徐志摩。

诗仙格调少，才女逸情多。

建筑称明匠，散文启大河。

飘飘三界外，仰看曼陀罗。

题江油海灯法师武馆

法老海灯去，但留二指禅。
武林通国学，普照称先贤。
入室鹤归杳，登堂花已妍。
幽香长不断，且看子孙绵。

怀念恩师邵启群先生

落花伤太早，时去已秋深。
讲古翻新曲，谈诗成旧吟。
夔巫侠气在，大竹遗教森。
犹记渔筒鼓，红歌唱到今。

观《后宫甄嬛传》有感

后宫多恶斗，自古不安宁。
色为君王宠，权从枕下经。
慧心生厉鬼，哀怨变精灵。

一旦容颜老，承欢难再听。

2013年元旦
依韵和江湖竹琴等诗友

末日已挥去，新春又一年。
山川豪气举，家国捷音连。
老树开奇叶，沉疴别旧船。
大千风雅颂，诗酒话鸿篇。

敬和曹版牡丹

千年妖孽史，片片为君狂。
一夜东风至，万山奇蕊香。
西施夸艳色，洛女拜琼浆。
富贵谁能敌，试看唐武皇。

与颜尧均兄饮酒谈诗

时穷悲老去，相见意浑然。

李白吟风醉，陶潜对月眠。

山川多有缺，人事本无全。

诗写牢愁句，何来记盛年。

五绝

胡跃先诗稿

闻　蝉

高林常作客，鸣叫几时休。
我有千千结，随风上玉楼。

听　风

万里奔行急，只身下太空。
遨游江海后，习习似秋虫。

望　月

初时不欲见，既上在中天。
清辉何朗朗，照得几人圆。

观　水

汩汩下溪缺，送舟到海湾。
风来可鼓浪，得雨更潺潺。

赏　花

寂寂无多语，低眉含笑时。
嫩红才放蕊，鸟已立芳枝。

舞　剑

太阿握在手，乾坤入胸中。
轻画长天阔，一挥落日红。

走　棋

楚河与汉界，自古未相通。
落子亦无悔，且赢老帅风。

饮　酒

人生多感慨，壮士必沧桑。
唯有一瓢饮，相看两不忘。

习　书

下笔先临帖，二王是古贤。
神魂颠倒日，字字肖婵娟。

会 客

邀友如逢月，美人开我颜。

踏歌江岸上，杯酒动关山。

词曲

胡跃先诗稿

破阵子　广安邓小平故居

华蓥背依故国，渠江流注小河。春水池塘桃李岸，几树青藤缠紫萝。不曾见干戈。　　老屋墙边飞燕，后园白石小磨。游客门前队队过，文房犹听读书歌。相看几青娥。

江城子　南充陈寿万卷楼

如山一笔似天狂，扫枯黄，傲穹苍。力拔劲遒，迤逦上高岗。俯瞰嘉陵千顷水，评三国，话刘郎。　　文峰白塔对相张，四门望，更无妨。羽扇纶巾，史笔标汉唐。吊古我来同下泪，伤隐士，哭天狼。

虞美人　成都杜甫草堂

草堂阅罢闻知了，何处叹花少。红绸旋转舞秋风，银杏一畦插在雨烟中。　　故园碧草似曾在，春色不能改。我来问尔应无愁，千古江山看他已东流。

菩萨蛮　上海一大会址

春申江上人如织，多难故国小楼碧。青鸟歌云头，残灯莫苦愁。　　我来曾伫立，泪水潸潸急。黄浦启归程，一鞭别晚亭。

忆秦娥　北京天坛古柏

森森柏，光芒照出京城月。京城月，情伤易水，卢沟小别。　　天坛穹壁有音节，良朋千古响尘绝。响尘绝，孤烟大漠，旗飞高阙。

蝶恋花　西昌邛海

浩渺烟波湖舸小，白鹭翻飞，千里流云绕。堤上游人行又少，我来急急踏青草。　　拂柳晚风亭下道，笛管悠扬，吹出一天笑。花静夜阑声已杳，月边独酌有烦恼。

渔歌子　彭州银厂沟

潭上大龙乱瀑飞，白银沟里小羊肥。斜日立，雨沾衣，攀藤附葛把柴归。

渔家傲　雅安百丈关

扬子古来江水异，蒙山茶叶适君意，采叶姑娘四面起。三山里，千村万壑将门闭。　　百丈雄关春树里，当年鏖战多奇计，猎猎旌旗血满地。何可寐，深宵苦读堕清泪。

如梦令　万县钟楼

山下清江帆骤，楼上几杯淡酒。钟敲月儿圆，槛外嘤嘤话旧。停否？停否？西出阳关马瘦。

浪淘沙　绵阳子云亭

绿水碧沾沾，光映珠珊，青乌飞过二更寒。欲问春宵无讯息，未可狂欢。　　楼上自倚栏，阅尽关山，人生感慨几多难。侠气子云今尚在，风满人间。

山坡羊　大邑刘氏公馆

公馆如聚，霸王多怒，谋臣似雨西川路。出成都，莫踌躇，中原逐鹿狂争处。乱世枭雄谁做尘土？战，将军苦。和，将军苦。

天净沙　梁平双桂堂

庭中一树乌鸦，隔墙三五人家，几匹江南瘦马。我来堂下，遍行海角天涯。

南乡子　大竹黄城寨

此地古无州，寨上黄城多少楼。五百年来留恨事，忱忱，啼血杜鹃也急流。　军将亦多筹，争战江山几未休？乱世风云遭敌手，无刘，毕竟英雄少计谋。

诉衷情　大竹东湖公园

凤山万里受封侯，光影冠达州。东湖烟水空阔，画舫载轻裘。　波影里，绘清秋，泛中流。弦歌犹在，燕子声声，啼破梁州。

永遇乐　大竹同心水库

曾记铜锣，西河流水，七孔桥处。点点渔帆，横吹短笛，斜日闻歌去。芦花汀畔，岸边杨柳，那日我来留住。忆华年几声长啸，也惊海天云虎。　石林怪立，苍烟落照，多少英雄回顾。青史汉唐，秦淮花月，风雨西川路。清荷明丽，飞红滴翠，弹出万千蛙鼓。何须问，跃先老矣，诗还可否？

念奴娇　西昌卫星发射基地

群山莽莽，似林海，多少彝家风物。泸沽湖边曾此是，征战红军村壁。云雾千层，关山万里，抖落漫天雪。波平如画，一江映照豪杰。　塔上神舟今年，英雄飞过了，意气风发。碧海掣鲸追日处，寰宇烟消云灭。天海神游，潇洒应看他，年少英发。赏心乐事，笑谈还摘花月。

卜算子　宜宾流杯池

此地唤金沙，杯酒流还静。千古骚人去复来，衣袂撩云影。　柳梢竹林头，花杏催人省。行遍南山与北山，书叶未曾冷。

一剪梅　达州白塔

　　记得州河一叶秋，白塔江中，浪里孤舟。凤凰未寄东风来，竹笛吹时，独上高楼。　　似海红尘滚滚流，一处霜花，千万哀愁。西风昨夜黄昏后，才下云头，又到波头。

水调歌头　　北京中央党校

　　红叶何曾有，春水向南天。我来北地谈曲，慷慨忆华年。处处楼台观景，页页琴书多韵，拔剑夺霜寒。雨露栏杆洒，香气拍人间。　　颐和园，芳菲尽，应无眠。似亦有恨，高山流水也难圆。但记杜鹃啼血，锦里芙蓉花谢，此事未周全。战国传佳话，屈原爱婵娟。

贺新郎　　上海浦东新区

　　今古已分别，只须看，如天大道，黄花时

节。海上明珠倚天外，大厦旌旗猎猎。经历
了，几多寒热。正道人间还自笑，黄浦江，流
过千山月。花与鸟，莫啼血。　　前年曾记风
和雪，南京路，涛声依旧，万千陈迹。遗愿中
山应犹在，尽是匆匆过客。且回首，江南江
北。豪杰英雄都去后，数小平，弹指铸铜钺。
百年梦，一朝白。

菩萨蛮　七夕

　　一年一度双星会，青山阅尽人间泪。我欲
上高台，梦中燕子来。　　天河谁得去？只有
凡尘住。秋雨正多狂，江船下夕阳。

沁园春　五十四岁自寿

　　五四春秋，征程万里，总在漂流。忆少年
英发，豪情盖世；樱花烂漫，红叶横舟。明月
经天，欢歌纬地，处处江塘起白鸥。欲挥剑，
到中原立马，笑傲王侯。　　苍天不与人谋，
念人世几多风雨愁。哭巴蜀秋霜，魂侵落叶；

京华冬雪，气压神州。一卷诗书，千秋好梦，都作魏王赤壁收。看而今，叹英雄迟暮，恨意悠悠。

蝶恋花　清明节忆母

一去红尘诸事了，百转千回，多少无情恼。犹记当年花影照，门前流水轻轻绕。　　十载春秋音讯少，万里关山，难觅旧时貌。我欲问天天不晓，馨香一把青青草。

西江月　中秋

四世同堂家族，文化普及儿孙。畅怀九十老父亲，白发仍当大任。　　月到中秋时节，光华万里江村。横空一鹤响清音，桂树香飘阵阵。

黄城人物十记

之一　祖父茂修先生　调寄沁园春

大清末年，黄城寨下，白水河边。忆胡氏祠里，鼓角劲吹；松竹轩内，旌旗翩跹。华夏秋霜，中原血泪，英雄欲起黄雀滩。印盒寨，叹兵书未得，戎马艰难。　人生总有遗憾，况孤苦无依一少年。想陆游才高，天山可度？贾生命薄，长沙永悬。泗上停杯，南阳垂钓，我公好雨满前川。七十载，问江东父老，泪湿青衫。

之二　祖母冷氏春秀　调寄菩萨蛮

柑园树下种豆角，白鹤林中念般若。汗洒织布机，心与白云齐。　夫君总是醉，怎得不落泪？幸有好儿郎，小名叫书强。

之三　父亲静中先生　调寄西江月

神交蓬莱诗客，心仪子惠将军。可怜寂寞过一生，富贵荣华谁问？　细雨寒窗高峰，春花秋月黄城。三男一女已成人，白发飘飘神韵。

之四　母亲达蓉先生　调寄渔家傲

黄城寨下金嗓子，歌喉婉转春树里，白面书生翩翩起。箫声举，明月山前好风雨。　　四十年来种桃李，血泪相和两知己，千古恩侪谁堪比？凤凰喜，群雁高飞振翩羽。

之五　大哥建新　调寄采桑子

桃花流水春光好，肚里文章。锦绣文章，大宋名花日日香。　　当年万里鲜血淌，泪洒秋江。别了秋江，忠义堂上放红光。

之六　大嫂增玉　调寄清平乐

嘉陵江上，红叶翻波浪。流到黄城寄卿相，不信西河无将。　　柳营试马春寒，丈夫勇夺雄关。一夜龙生虎子，仙姑笑绽花船。

之七　三弟争上　调寄忆秦娥

飞凤歇，钱塘江上磨玉珏。磨玉珏，赢了春红，误了秋色。　　忽闻海上生明月，巴山蜀水共碧血。共碧血，扶他正气，写他忠烈。

之八　小妹爱平　调寄减字木兰花

风清月白，纱窗初照车行迫。过了高山，前头多少剑门关。　　不愿归去，小巷深深花雨处。幸福谁颁，女儿从此下长安。

之九　侄儿彦殊　调寄浪淘沙

漫步去幽燕，丽日高天。策马荒郊上渔船。江中鲈鱼谁曾见，东海岸边。　　而立正当年，细柳扬鞭，苦读诗经三百篇。万卷楼外人道是，春水人间。

之十　三十年前自画像　调寄满江红

历览群科，铭心骨，点点滴滴。分真伪，阴阳五行，八刚治则。妙手成春话古贤，良师指路破神秘。这医林，胜境比仙山，多幽僻。　　唯求是，不务虚；弃芳华，专技艺。信少年壮志，三十而立。浓墨淡书长短句，诗文爱读攻关集。凭谁去，采药上南山，济民彝。

古风

胡跃先诗稿

丽江行五十句

滇西有灵地，乘风到丽江。

铁鸟轻飞渡，古城夜正凉。

街市人无语，唯见一树桑。

小住农家院，四围闻花香。

晨起满街转，一路多津梁。

建筑称典雅，民也慨而慷。

号曰纳西族，古乐鸣鹑鹜。

小河随人走，柳荫满纱窗。

杂沓人马急，尽都在他乡。

深宵起歌舞，酒吧醉一觞。

人生若不适，到此俱已忘。

又见拉什海，烟波叹茫茫。

一叶江中立，水草绿又黄。

打马上山去，飞驰意气扬。

山路多险厄，稳坐未敢伤。

白云正缭绕，壮志在胸腔。

转车玉龙岭，积雪凝山岗。

雪水成湖泊，深蓝见河床。

花影水中照，美人曳裙裳。

红叶灿然笑，满山尽收藏。

归来木王府，阔大看宫墙。

远离中原外，傲然若上皇。

当年徐霞客，驻马犹彷徨。

古有桃花源，今且感丽江。

千年一叹息，我心已飞翔。

府南河上踏歌行

我来锦江踏歌行，但闻两岸弄潮声。

飞舟急流三百里，红裳丽影最风神。

旌旗遍地如锦绣，笙箫鼓乐上五云。

杨花落雪人欢笑，柳絮飘飞草色青。

鼓浪唯有龙舟赛，男儿奋勇真豪迈。

队队船桨竞鸥鹭，汽艇不如小船快。

一声大喝出高峡，惊涛骇浪擒水怪。

蜀江号子吼起来，男生女生排队排。

我于人丛观花丛，车如流水马如龙。

观礼台上炮声响，万众欢呼颂英雄。

廊桥之上宴宾客，醉拍栏杆看落虹。

波光潋滟湖山好，华灯齐上开芙蓉。

屈原莫抒感时情，府河而今水变清。

九曲连环皆淘尽，何处春江不月明。

大厦千间立广宇，丝竹弹遍锦官城。

我歌我乐且舞蹈，只缘天下已太平。

九寨沟吟三十二句

十月秋高喜登临，一路来寻九寨村。

枫叶染红江边树，白云缭绕高原青。

细雨湿透小花伞，人头簇拥到山门。

车随水流踏芳去，一水更比一山亲。

水是彩带分五色，浪翻急流作琴声。

长海静谧积白雪，雪松相映见玉屏。

五彩池中多鸥鹭，红黄蓝绿水色新。

原始森林吸氧气，剑岩山下我留真。

镜海箭竹熊猫海，波平如镜似天成。

最是迷人五花海，九天跌落一花盆。

水中埋藏千年树，五色斑斓有仙人。

珍珠滩下观瀑布，水帘洞前忆唐僧。

行者西游从此去，灵山圣水现屐痕。

九寨美景看不尽，藏家歌舞响五云。

人间天堂我来也，不虚此行是今身。

但愿天下都美好，人人都作太平君。

青城山咏

西蜀多佳丽，青城天下幽。

山色绕翠路，黄鸟故迟留。

冰溜林中挂，水岸浮白鸥。

横吹有短笛，青草放小牛。

院宇森森在，凛然已千秋。

清静号无为，坦荡大江流。

老子入关去，道陵乐西游。

建福宫不灭，群山鸟啁啾。

四望亭翼然，万木更悠悠。

藤萝蔓古道，花香入小楼。

波平明如镜，秋月照御沟。

我来二十载，春风驻心头。

登临复览胜，歌吹到蜀州。

幸福梅林

成都地气暖，幸福有梅林。

清风夹古道，红日照山岑。

浓荫遮茅舍，香动小飞禽。

曲径马铃响，黄狗吠树深，

梅花自含笑，叶叶尽争吟。

群山多起伏，临流抱江浔。

风雨廊桥路，钟楼听鹂音。

画舫倚红玉，吹梅度新琴。

百年感今昔，万里霞光沉。

我来唯小饮，山茶润清淋。

书卷长在手，江山有故今。

朋友亦忘倦，周遭访四临。

虽为农家女，雅洁更难禁。

隔篱齐呼取，春社古风侵。

我饮复长啸，挥笔著诗箴。

西川留胜迹，万木俱森森。

江油李白故里行

久慕谪仙子，今来故里行。

盘江入涪口，天宝上层云。

车飞闪回廊，暂往江油城。

仙迹随处看，杂花伴亭生。

清波鱼儿出，农家倚柴门。

大道铺锦绣，城郭朝晖明。
唐时宫廷在，犹闻卖花声。
曲径通馆舍，沫若题联新。
伟哉李太白，字见邓小平。
我来一留影，万古长精神。
白雪作浪涌，明月在后身。
奇松虬地起，逶迤似青藤。
但爱陇西院，匆匆转车程。
太白楼下树，笼盖诗碑林。
大鹏从此去，千秋万岁名。
白也长嗟叹，地留月圆坟。
山风时在耳，古井剑气深。
惜哉不遇白，唯见一佳人。
灯火下月色，遥念故乡情。
由来同一梦，天地感知音。

江油窦圌山题句

远上窦圌山，盘旋入天关。
云岩寺下望，铁壁拥石坚。
中空天海阔，不见大鸟还。
云栈渡铁索，飞人自可攀。

两寺凭来往，观者俱胆寒。
超然亭上立，万壑荡胸间。
忽闻踏歌起，山下藏女妍。
寻声暗问路，野花迷栏杆。
徒步逍遥径，且住梅花观。
老道说旧事，卜得上上签。
回眸一含笑，山风驻我颜。
驱车别老丈，云霞尚满天。

青江抒怀三十句

我来青白江，悠悠二十年。
花开又花落，鸟啼听杜鹃。
水看青绿色，山看绕云烟。
夭桃灼灼艳，梨杏亦争妍。
黄鹂歌千树，白鹤尽盘旋。
行者乐于途，山水多有缘。
最是凤凰湖，游客舞翩翩。
樱花开且茂，红白照于天。
丛丛密林下，美人戏花田。
小桥伴流水，细雨湿船舷。
诗兴正朦胧，春意更盎然。

我歌樱花下，我醉樱花前。

回首往日事，岁月何其艰。

倘得如樱花，快意似神仙。

行年已五十，再夺百岁禅。

龙泉桃花词

成都之东五十里，龙泉山脉拔地起。

蜿蜒劲秀平原上，深沟高垒著花雨。

恰是三月春光融，千树万树见彩旗。

山川尽在车前走，粉墙竹楼现虹霓。

进山闻得音乐声，岗前坡下桃花密。

红压枝头白润蓝，红红白白照云天。

枝枝挺立花丛下，朵朵竞放倚栏杆。

更有一种牵藤木，点缀苍色耐人看。

前村桃花八十里，直上高岗下溪涧。

蜂蝶不解游人意，争妒桃花舞翩翩。

蓉城市民多乐趣，举家郊游尽欢愉。

扶老携幼观龙泉，醉卧桃花不觉奇。

前身应是陶渊明，种豆南山作幽居。

纤纤美人来花下，物我两忘皆称意。

人生若得大安定，四野苍茫亦独立。

我于花前曾留影，山色灿烂山有情。
游人队队共相戏，情侣双双步桃林。
花前月下来小憩，杯碟并连品香茗。
漫话龙泉五千载，几回花开艳阳春？
桃李无言溪边水，唯有今朝景色新。

我家有藿香三十句

我家有藿香，夜半发清芳。
叶分九派舞，枝可傲穹苍。
风前常独立，雨过指犹凉。
见我回家去，欢呼立中堂。
见我行道远，为我敬一觞。
举止颇安恬，亭亭见玉光。
如我小儿女，如我美娇娘。
我家虽不富，有此万金藏。
人生贵相爱，何必在争忙。
枝叶能入药，夏季解暑狂。
摘下三两叶，又可助我尝。
鱼肉清且鲜，豆腐味更长。
我养已三载，岁岁增福强。
随我度日月，伴我步辉煌。

我歌且感叹，相携永不忘。

中华百年歌
——纪念毛主席诞辰一百周年

1993年12月26日，毛泽东主席诞辰一百周年，成诗一百句，敬献于伟大领袖之前日：

记得乾隆下江南，仙乐飘飘上紫烟。

中华文明数千载，盛极之时有预言。

百年之后王者兴，此人当出在韶山。

乾隆之语未可信，且把古书作谬传。

忽闻海上枪炮声，英军肆虐广州城。

则徐含恨走伊犁，回眸不忍看南京。

条约签订六月雪，中华从此遭沉沦。

太平天国英雄泪，一曲悲歌万古情。

湖南才子谭嗣同，铁板铜琶撞大钟。

戊戌变法六君子，仰天长啸赴刀丛。

甲午风云方消散，八国联军又逞凶。

慈禧乱国五十载，多少冤魂哭秋风。

革命先驱孙中山，推翻帝制解倒悬。

神州光复换新主，万民期待腾九渊。

袁氏称帝窃国柄，涂炭生灵更无前。

锦绣江山何处是，杜鹃啼血问苍天。

韶山冲里有奇人，胸中蕴藏百万兵。

指点江山少年事，岳麓山下爱晚亭。

秦皇汉武一抔土，唐宗宋祖安足论？

二十八画从兹始，长剑萧萧班马鸣。

黄浦江边上海滩，中华健儿聚此间。

要将乾坤重颠倒，岂容魔怪奏管弦。

越秀山前讲习所，国共合作开新篇。

众人皆醉君独醒，未雨绸缪著先鞭。

介石发难诛农工，润之谈笑掌兵戎。

秋收起义震霹雳，井冈山上战旗红。

武装割据八百里，大泽深山斩蛟龙。

一战功成四海惊，鬼神皆服毛泽东。

王明学舌愧效颦，五次围剿阵云深。

匣中宝剑无由出，见龙在田困雄鹰。

被迫长征二万五，可怜湘江父老心。

人生多难再努力，踏遍青山报天明。

大军西指到贵州，满眼生春遵义楼。

运筹帷幄操胜算，四渡赤水搏激流。

主席立马望北国，无限风光在前头。

秦川自古英雄地，抖擞精神写春秋。

叵耐倭寇侵辽阳，万里山河失春光。

精卫填海成讽刺，介石燃萁煮豆忙。

大厦将倾谁能支，主席挥鞭挽危亡。

八路牺牲多慷慨，青春热血映斜阳。

抗战功勋百世垂，老蒋姗姗下峨眉。

渝州谈判喜握手，鸿门重开宴一杯。

黄土高原传捷报，东北猛虎鼓风雷。

刘邓大军任纵横，淮海呼啸泰山摧。

最是京门笑语欢，和平解放花争妍。

香山红叶烂漫时，把酒赋诗登天安。

山姆大叔妄称霸，主席点将破楼兰。

百年华夏哀歌尽，雄狮奋起昆仑巅。

一生伟业天下知，每逢佳节忆当时。

长城万里今犹在，喜看千秋壮丽词。

峨眉山月歌　天下之胜在嘉州哀呈沫若

　　公生于一八九二年，于今已一百一十周年矣。天下多事，而公文章光焰万丈，历久弥新，遂作峨眉山月歌哀呈于公，借李太白之神韵，发千古文人之牢骚。如有

冒渎，乞公鉴谅，西蜀后生跃先谨序，时
在二〇〇二年一月十八日辛巳年腊月初
六。

天下之胜在嘉州，凌云山水壮君游。
西蜀自古多圣手，谁敢一揽大江流？
相如卖卜临邛道，东坡天涯作楚囚。
最是匡山读书处，英雄涕泪已千秋。
公也年少属望轻，名士风狂忤群伦。
成都将军多好色，先生笑骂著奇文。
乐山沫水行不得，长啸一声出夔门。
峨眉山月照巫峡，回头猿鸣已三声。
博多湾里月孤凄，万里间关人独立。
海风吹来天外客，中国少年成痴迷。
无何高阳路难寻，几回春梦向人泣。
巫山神女今安在，翩翩公子当所依。
白露为霜蒹葭苍，东瀛有女多温良。
举案齐眉寻常见，才子佳人红袖香。
绝妙文章传海内，女神诗篇万丈长。
都来总成三叶集，白华田汉郭鼎堂。
富春江上出奇才，卿云烂漫动地哀。
栏杆拍遍无余子，醉酒酣歌泪满腮。
一日松原风怒号，披褐吟诗走荒台。

先生尔时亦寂寞，从此英雄遇惊雷。

创造洪水掀大风，春申江畔舞彩虹。

沫若达夫三剑客，搅得周天战几重。

忽来西湖有西子，惹得诗人诗意浓。

梅花树下吊红艳，万古伤心一情种。

女神本是梅花瓶，骨格清奇涵养深。

氤氲缭绕多憨态，相夫教子最情真。

闻道西湖有红杏，泪落西窗吴江泠。

先生到底英雄量，记得多少儿女情。

南国烽烟漫中华，铁肩道义处处家。

辣手文章逞一快，地北天南颂奇葩。

枪声再起南昌郡，兵书汗马响镗鞳。

扬鞭催趁月明下，又偕红粉话桑麻。

十年征战几人归，海国仙山坐翠微。

写成优美甲骨文，声光灿烂尽朝晖。

可怜女神心骨悲，一人拼得全家醉。

难得周旋门外雪，风口浪尖树峨眉。

家国雁难去匆匆，牵动先生泪眼红。

不忍惊醒小儿女，只把女神深深拥。

热泪凝成报国志，垂首江山路未通。

自古文人多磨难，哭向苍天几人同。

巨舰奔流发浩歌，先生兼程走汨罗。

连天烽火国殇日，潇湘夜雨正滂沱。

多亏红粉小娇娘，一路相牵少折磨。
谁家女子者般爱，于氏立群起仙鹤。
山城重庆国有光，战地黄花夜来香。
一出屈原多少泪，千古文章热衷肠。
公也屈原写屈原，立群自是美娇娘。
更有年少夏完淳，棠棣之花射苍茫。
何乃慈母去太早，如今先父又去了。
沙湾古镇少行人，绥山馆里哭声绕。
缘何情种多不孝，试看先生泪痕稿。
字字读来都是血，峨眉山月共比高。
再与达夫兄弟情，高山流水两知音。
不幸达夫穷途死，风流云散几暂分。
把泪和墨五千言，如泣如诉哀感人。
长歌当哭未若是，痛彻肺腑推使君。
正值甲申三百年，先生挥笔作奇传。
钩沉提要说新义，铁马秋风照人寰。
幸有知己愿明教，万山红遍醉酡颜。
郭老大名垂宇宙，流光溢彩万人看。
别样风流蔡文姬，传神写照最凄迷。
想是忆起东瀛女，四十年前好夫妻。
松原树下共月色，博多湾里共潮汐。
一年三百六十日，安危全凭贤伉俪。
文姬婵娟姐妹花，千古骚人一例夸。

但得夫妻长相聚，人生欢乐应无涯。

铜锣招魂歌
——纪念辛亥革命八十周年

　　辛未年10月10日，辛亥革命八十周
年，成诗八十句，致祭于吾之先贤之前
曰：

盘古开天诞竹阳，二百年前叹茫茫。
铜锣奔腾走龙蛇，竹海汹汹漫汪洋。
东山明月欲摩天，西岭华鏊刺穹苍。
飞来黄城更雄奇，悠悠白水好家乡。
可怜清廷丧国手，铜锣破碎恨未休。
书生报国成枉然，探花一去不回头。
大寨坪下有异人，腹内雄兵早运筹。
只因中山一席话，英雄崛起傅家沟。
先取垫江后取竹，攻破达州攻巴蜀。
嘉陵江上炮声吼，舞凤山前灭强虏。
遍地欢呼孝义会，草木同春靖妖雾。
蜀北成立军政府，先生让贤事简朴。
叵耐项城窃国柄，党人从此多牺牲。

三路会剿铜锣山，大寨坪上压黑云。
城隍土地皆恐惧，绍伊从容退袁兵。
地方糜烂六十里，先生下寨拯黎民。
杜鹃啼血君不归，年年月月泪雨飞。
长衫军人肖德明，讨袁护国鼓风雷。
早年留学扶桑岛，同盟会里姓名垂。
手提三尺青锋剑，铜锣呼啸天地摧。
八千子弟下巴东，义旗高举灿若虹。
京华春梦难再续，师长含笑看芙蓉。
主持财政经旬月，不爱银钱两袖风。
华阳国里有高士，陋室空堂困卧龙。
苍天辜负壮士心，竹阳公园墓草青。
黄城寨上有知己，此翁大名江三乘。
舌似利剑笔如刀，剥尽总督赵尔巽。
铁镣加身血喷壁，保路风潮显威名。
举人本是农家子，墨痕处处关民时。
痛惜苛政猛于虎，阅罢秋山泫泪滋。
刺贪刺虐刺奸佞，伤心犹抱救国志。
少陵之后一千年，黄城老人著史诗。
绍伊德明江三乘，自古英雄事难成。
铜锣呜咽吞声哭，梨树钟声倍凄清。
且喜湘潭指路灯，竹阳新生庆太平。
烈士鲜血耀明月，红旗飘飘上华蓥。

小子今年三十三，半生糊涂似神仙。
偶读诗书知先哲，血泪哭歌听杜鹃。
我把铜锣来招魂，浩气重归天地间。
铜锣应遂苍生愿，不教百姓泪阑干。

黄城冬日歌
——为母亲七十寿辰而作

　　　　甲戌年腊月初九，母亲七十寿辰，成
　　诗七十句，祝父母健康长寿云：

黄城寨下有一家，钟鸣鼎食富无涯。
谈笑往来多鸿儒，世代书香好荣华。
弟兄姐妹皆神气，可怜我母出无车。
少小失父家道衰，寄人篱下泪如麻。
一部红楼读到今，世上疮痍怪谁人？
我母不是林黛玉，敢哭敢骂见真情。
收拾书包求学去，从此告别外家门。
三年寒窗终有得，文章学业冠群伦。
当时中国烽烟浓，卢沟晓月霜雾朦。
大舅从军赴徐州，二舅落草化沙虫。
国破家亡山河在，我母含悲唱大风。

台上泣血台下泪，抗日声浪万千重。

七七歌咏姓字香，都说父亲妙文章。

从来家贫出孝子，我父衣冠最平常。

纤笔一支袖在手，几人识得读书郎。

走遍天下不离土，年年月月思故乡。

大哥出生母三十，艰难困苦谁能知。

正值建设新中国，三尺讲台也争时。

教罢学校教夜校，奔走乡村未得迟。

万家灯火归院落，夜阑人尽哺乳儿。

父亲在外不能归，争上出生始归回。

困难时期何其苦，母亲双脚肿如肥。

弟兄三人咕咕叫，争夺饮食起鼓槌。

我母疼儿心悲切，种菜浇水汗湿衣。

爱平出生天下乱，父母惶惶心不安。

大哥为此曾失学，几回呜咽泪未干。

我父长吁又短叹，我母辗转难成眠。

弟妹年幼不知事，天天学唱北风寒。

十年一觉醒噩梦，处处青山绿葱葱。

黄城冬日正和煦，精神恰似不老松。

我父今年七十二，挥毫泼墨仍从容。

我母今年整七十，人生岁月东方红。

我从前年辞黄城，举家来到成都省。

成都并非极乐地，唯有父母知我心。

我妻我子皆舞蹈，祝我父母千秋辰。

怀雪芹六首并序

　　2002年5月，中国21世纪文学创作研讨会在京召开，余有幸结识天下豪客，相与倾谈，不知东方之既白。越两日，同赴西山之下黄叶村，瞻拜雪芹故居，万种悲情，风铃声声，似有千言万语未能道及。返川之后一段相思仍在心头，今日逸兴俱飞作五七言诗以悼先生，了却一片断肠之意，信手写来，不事雕琢，以就教于大方之家。

其一

钗黛袭晴香，念之断人肠。
王孙公子意，血泪满衣裳。

其二

先生魏武之子孙，凌云健笔气纵横。
一部红楼著青史，无人不道黄叶村。

其三

名山事业何处寻，把泪挥笔说雪芹。

踏雪访梅五十载，万艳同悲一故人。

其四

雪芹自是风流种，千红一哭俱多情。

绳床瓦灶谁管得，幸有袭人报深恩。

其五

晴雯本是女裙钗，病中补裘多欢爱。

可怜一点相思意，付与巫山并泉台。

其六

皇家威仪在深宫，一部红楼解说通。

都来处处皆曲笔，说尽辛酸泪眼红。

游大竹黄城寨四首

其一

无极有仙翁，提篮汲水空。

黄城伤往事，不得再葱茏。

其二

林六子打更，号称寨防丁。

若问谁家好，书香门第孙。

其三

莫道疯人语，内蕴哲理诗。

君子亦有过，但看光明时。

其四

庞家花园在，春水碧连天。

小平亦来此，风景尚依然。

黄城秋鸣曲

黄城万古由到今，四面青山皆佳人。

一条白水通天上，清风明月满乾坤。

我生黄城山之下，未及七龄知吾门。

明季流寇入川乱，胡氏远祖避山村。

尔来三百八年二，瓜瓞连绵长青藤。

文配白水光灿烂，武耀黄城吞强邻。

吾祖粗识之乎者，流风余韵有人钦。

我父我母皆翰墨，桃花源里乐天伦。
吾家之侧山之巅，茂林修竹常鸣禽。
我生亦小曾到此，梦中欲上天安门。
于今四十年有六，华发苍颜不忍闻。
何日再寻儿时伴，此心夜夜忧平明。

大竹落凤岩之战

落凤岩上起秋风，一路人马下九重。
衣衫褴褛不忍见，大刀长矛老套筒。
自从战了牛星寨，巴县渝州见兵戎。
成都有个傅渊希，提兵十万下川东。
游击健儿住不得，一声呐喊出牢笼。
夜行晓宿三百里，爬冰卧雪困青松。
才说落凤岩上月，又见落凤坡下熊。
四十八场皆来到，烈焰腾空天半红。
吾祖尔时亦来此，组织民团欲强攻。
吾父亦在乡公所，兵书急件快如弓。
大火烧了七天夜，苍天落泪哭英雄。
壮哉一百单八将，尸骨成山血朦胧。
但见司令徐永培，神枪奋勇力无穷。
又见政委徐相应，悲歌一曲唱黄钟。

二徐慷慨人称颂，落凤岩前如潮涌。

吾祖呜咽无言说，吾父泪流冰又封。

落凤岩上血花溅，落凤坡下秋草蓬。

徐氏双烈今犹见，三十年前听老农。

碑文处处皆清晰，往事历历堪动容。

写至心酸难再续，惜我已成白头翁。

反《沁园春·雪》

再读毛泽东《沁园春·雪》词，反其意而用之。

问莽莽乾坤，谁是东西？万里长城何所见，三千年来泪如洗。孟姜女，归无计。李广难封冯唐老，轮台一诏罪知己。唐太宗征东漫天雪，穷兵力。或向南，或北移，辜负了半部好论语。一代天骄成虚幻，未及百年元人泣。到而今，埋葬数英雄，空叹息。　　吴市吹箫起，书生事业在梦里。曾记栏杆拍遍，惊醒卅载风雨。轰轰烈烈俱之旦，胸中山河付一炬。有妻儿，尽皆去。斜阳草树吟罢，见碧水丹山苦竹居。我来人间四六年，哭苍天，未能巨。

倘使江山重属我，又何憾，堂堂七尺躯。秦始皇，焉可比？

狂　者

熟读唐诗三百首，不会吟诗也会吟。

我今又成好诗篇，算来由天不由人。

我字亦有大进步，双喜临门喜上喜。

人生莫作悲者观，大笑高歌狂者去。

叹《卜算子》

意共云飘卜算子，千古骚人八大家。

毛陆苏严郭沫若，一阕新词共增华。

我虽未写卜算子，其韵亦自著奇葩。

人生悠悠饶感慨，胸中浩气富五车。

记得三十年前事，同学少年戏品茶。

沫若有传曾启予，花间挥手赴云霞。

风雨送春反其意，放翁寂寞断桥涯。

缺月在桐苏子愀，不见幽人严蕊嗟。

只因前缘误了我，功名利禄薄似纱。

徒见青山与白云，心头怅望乱如麻。

如今再读卜算子，各有世味真不差。

毛公巍峨我敬仰，沫若潇洒亦当夸。

狂之曲

不爱风尘只爱狂，狂到五十成何样。

从来未有狂到死，不死就要成狂王。

狂王古来皆有之，李白诗仙月中郎。

更有放翁惊天下，一生敢写真文章。

跃先虽为狂者士，较之古人尚未狂。

第一不敢发豪语，只恐惹恼玉皇王。

第二不敢说真话，阎罗小鬼太猖狂。

第三功力未到家，欲狂未得狂之样。

至今诗有三百篇，古风排律稍嫌长。

李白大雅我有余，侠士风格总堪伤。

放翁豪迈吾常喜，忧国忧民不敢当。

离骚屈子自天得，此心余敢答上苍。

我生未及李太白，流泪呜咽正彷徨。

呜呼，学诗廿年功未立，待到狂时还要狂。

申江吟三百五十字

五言不敢写，功力未到家。

字字皆尚古，语语发新华。

初唐有四杰，此中称老葩。

更有杜陵叟，响绝遍山涯。

奉先五百字，彩虹凌空架。

后来黄庭坚，江西夺造化。

瘦硬奇绝险，冷艳羚羊挂。

有迹莫可寻，直入西天画。

佛亦称妙手，吾辈岂能跨。

学诗二十年，一字未敢奢。

近者有小恙，不吐不能快。

诗虽难入妙，何足道其哉。

忆昔上前年，我走申江隈。

吴市曾吹箫，无人肯理会。

也曾托上痒，风流过一回。

也曾慕总持，笔剑挟风雷。

发书三百封，封封铩羽归。

黄浦江上月，见我泪雨飞。

东头至西头，脚迹留青苔。

万里蜀山客，痛哭失长街。
一生文武艺，到此被掩埋。
谁言伍子胥，负气成英概？
倘使天假我，我亦吞大块。
落霞与孤鹜，哗啦天门开。
谁失蜀山道，谁失海上莱。
中夜思不寐，长城因我害。
妻儿尽皆去，老母病入怀。
父兄呼我字，小子可安在？
幸矣骨尚健，烈日经暴晒。
冷月和冰霜，俱矣无妨碍。
打造刚强体，直追天神怪。
一年零两月，史籍斑斑载。
无奈未成功，只作乞儿卖。
早生五百年，圣贤任我裁。
今乃成五言，莫笑诗意坏。

酒

为爱一壶酒，来约黄昏后。
只因一时怒，重上酒梢头。

丹青引

人有两只手，用来绘丹青。
丹青不能写，我心已惘然。
天既夺我才，我又何遗憾。
人生当如此，长歌哭未来。

秋月吟

秋月山门起，一配秋天去。
万事只从容，大悲亦大喜。
身似老头陀，心在枯井里。
光明向未来，春风会和煦。

无　题

一声凄厉，人物百种。
千古苍茫，断桥飞鸿。

峨眉月

青衣江中水，峨眉山上月。

人生多寂寞，谁与共盈昃。

花开并蒂莲，我亦赋秋色。

虽然穷滋味，其心不改节。

有朋二三子，杯酒动魂魄。

浩荡歌四海，扬帆风猎猎。

弟兄正慷慨，子侄多壮烈。

唯吾形相吊，有泪尽呜咽。

何时遇佳人，江流永不歇。

吊李白五古一首

李白弄风月，艳丽醉华年。

一生多坎坷，追忆是长安。

有诗千百首，难以托圣颜。

开元成往事，天宝留遗憾。

太真香妃骨，诗仙酒意阑。

清平调三阕，千古风流篇。

马嵬鸾铃响，夜郎小中天。

蜀中月白早，峨眉山在前。

佳儿并佳妇，双双下溪涧。

百年歌舞地，凄凉长江沿。

花间无美酒，拔剑叩秦关。

知音杜二甫，飞蓬各自远。

美人归来兮，一样酒家眠。

我今吊往古，泪落洞庭山。

吊李白七古一首

写罢李白泪沾襟，美人香草合断魂。

千古风流埋骨地，秋风零落忆太真。

吊杜甫四首

一

杜甫凄凉我心惊，身世哀感愈沉沦。

一千二百年前事，唯有哭声似洞庭。

二

未及李白繁花时，只因一生著史诗。
秋风肃杀多冷意，至今犹感寒衣迟。

三

一生漂泊江湖间，四海沉沦谁与看。
自从结交李太白，便有诗文千万篇。

四

哭兄哭弟又哭妻，卅载流落泪凄迷。
一帆风雨交加夜，撒手人寰更离奇。

吊白居易五首

一

浔阳江头琵琶行，乐天才艺更无伦。
泪声只作江头雨，多少离人哭诗人。

二

长恨歌写千古恨，李杨爱情谁与闻。
我来重吊白居易，梨花一枝泪纷纷。

三

李杨爱情是其悲，香山侍妾更崔嵬。

白发红颜千古泪，化作长恨啼血归。

四

自小便听卖炭翁，有谁知晓理从容。

穷人泪血似雨雪，诗客辛酸在其中。

五

我家亦在香山下，白云生处无人家。

乐天大名曾记取，不向红尘去摘花。

吊关汉卿　田汉七首

一

罢官去职亦有声，感天动地绝人伦。

悬壶济世终不济，一曲窦娥惊世人。

二

窦娥奇冤传古今，血泪悲歌万世情。

元人胡马何须问，千古高文关汉卿。

三

窦娥生小原无家，父亲卖字作生涯。
京城卜得天官后，血泪摘回一枝花。

四

汉卿帘秀双飞燕，卢沟晓月莫团圆。
不为阿合胡马践，要留悲情在人间。

五

洞庭潇水湘江滨，千古流传一剧人。
屈原杜甫李太白，放怀一哭最伤心。

六

寿昌文字太悲怆，人间哀哭多凄凉。
至今记得西山下，艳骨美名尚有香。

七

十年风雨灭斯文，田汉铁骨最铮铮。
儿女英雄多少恨，扬子江上关汉卿。

吊曹禺先生五首

一

雷雨日出北京人，原野之上忆先生。
古来多少戏剧者，未若曹禺有大名。

二

清华才子胆气豪，读破万卷领风骚。
少年心事曾几得，云霞满纸射大雕。

三

十五离家老不回，汉江津门尽有碑。
周家遗事付雷雨，吟成血泪绚烂诗。

四

学贯中西更多情，娥皇女英并蒂生。
苍梧泪下香妃竹，日出白露照剧人。

五

曹禺肝胆火中花，仇虎金子向天涯。
冲冠一怒为知己，碧血殷殷奠夏华。

读《启功杂忆》有感七首

一

启功书家有真知，用意不在刀锋时。
一点一笔皆自创，画出梅兰与竹枝。

二

学书本无大文章，胸中山河俱昂藏。
最是运笔莫虚幻，冲淡平和费思量。

三

我已学书三十年，点点滴滴在心间。
自从去岁强加勉，始觉书法天地宽。

四

我字于今尚小学，唯余心头喜摩挲。
颜柳欧苏俱神往，更有二王常高歌。

五

书家之名何时居，心头常有块垒积。
人生遗憾当在此，风流才子最要奇。

六

三十年间忆学书，妄自涂鸦亦何如。
老来始觉有真味，极目万里楚天舒。

七

我最羡慕大书家，汪洋恣肆人人夸。
锦绣江山全在手，摘得普陀一枝花。

天风吹我衣

天风浩荡吹我衣，人生多难欲起立。
风吹叶落花渐雨，万树萧萧客子迷。
绿云千堆层林下，四处飘飘永无期。
我舞长剑李太白，吟罢山川仰太息，
古来蜀道望者难，我观蜀道亦如是。
扪弦扣歌四十年，丈夫未得英雄志。
拔剑斩却天风衣，珠帘飞卷在胸次。
由来万古皆如此，我心已老更何似？

四十七岁自寿

四十七年如流水，人生悲欢叹于今。

北地南天俱不遂，巴山蜀水无故人。

三十年前即仗剑，万里山河我欲平。

秋风零落如急雨，骑驴栈道走荒村。

梅花未开冬有雪，天下纷纷乱入琴。

州河之上去学医，当时记得李时珍。

只因不识伤寒论，起舞吹箫弄经纶。

再读史书蜀山北，看花芙蓉著雄文。

可怜皇天不佑我，衰草离离泪沾襟。

父母妻儿尽走散，大泽深山野花暝。

晨钟暮鼓无人听，挂剑长歌悲余音。

五十天命今将至，大树飘零已成尘。

他人有寿我无寿，权将杯酒动豪英。

万树千叶皆有缘，贺我今日四七春。

我本爱佳人

我本爱佳人，佳人何不至？

四十有余年，梦中每相遇。

结识在当初，爱恋生稷契。

有女名阿青，十五环佩立。

虽为农家女，香风动我衣。

长我一岁半，高我两班次。

不唯女声柔，字迹亦纤细。

家住东山下，故园草离离。

一枝发三叶，叶叶尽珠翠。

同学有四载，朝夕每相偎。

宛若山城女，高雅且脱俗。

清新并大方，邻桌常相忆。

毕业遂为伴，同回故乡里。

君住城南头，我住城北隅。

小家有碧玉，国之有仙女。

细雨呖铃时，秋风歌寂寂。

万人大合唱，悲声动天地。

容光照于野，男儿共痴迷。

伤心我命薄，佳人不再与。

独居蓉城北，高卧竟不起。

史记从头看，泪落荒山壁。

空庭数流萤，余年长太息。

霜降已至酬争上并赠父兄

霜降冬必至，群花渐凋零。
松柏积厚雪，高山压彤云。
鸟飞千里暗，兔走百步阴。
冰河生凌浸，秋原暮雨纷。
溪涧寒水碧，晓寺渺无声。
庭中桂子落，花间有剑鸣。
万里山河在，千秋血泪闻。
室小安容我，伟哉慕长城。
尺牍难为寄，素笺表寸心。
人生多感慨，家国无知音。
妻儿皆不遂，弟兄亦冷清。
老父已耄耋，垂垂见日昏。
最是我孤单，心意俱沉沉。
自从上前年，鹏飞失雁群。
高天厚地间，碧血洒丛林。
西风漫古道，霜雪阻归程。
美人在胸臆，夜夜吐清芬。
唐诗与宋词，漫步从头吟。
古今多少事，唯有看得真。

百年才五十，何必泪涔涔。
日在东山上，长歌秋月明。

缺齿赋

我有三枚牙，二十年前断。
食欲遂不振，吞咽亦困难。
缺齿爱上火，口腔常发炎。
形容渐消瘦，衣冠也不全。
我好发议论，义气薄云天。
秦皇并汉武，滔滔涌如泉。
阳春与白雪，其志贞如兰。
自从缺齿后，我心便惘然。
大雅不能作，小雅意缠绵。
齿也无小事，人生之依伴。
犹如我三子，顿失其孤单。
门庭感冷落，风雨哀江南。
今也须重塑，磐石愈加坚。
中流看砥柱，白玉镶金板。
不唯食欲好，歌声更婉转。
龙飞九天上，起舞颂阑干。

两丛幽兰

门外两丛草，兰花自飘摇。

岁月经风雨，雪落更萧萧。

香气袭人远，紫色映琼瑶。

最是爱幽静，独立且清高。

我居已三载，岁岁见丰饶。

未曾灌与溉，挺拔花益俏。

未曾勤修枝，叶叶尽含笑。

未曾多加肥，幽兰夺天娇。

见证我历史，伴我度寂寥。

风雨鸡鸣夜，走笔著诗稿。

血泪成文章，呕心写断桥。

千古骚人后，我心最滔滔。

多少红颜女，见我泪雨浇。

虽无倾国色，其志亦不小。

两情相洽时，静女也妖娆。

苦中常作乐，稳步过今朝。

兰也知我苦，默默自折腰。

萋萋芳草发，斗室胜兰椒。

我心常蔚然，欢歌踏春潮。

哀淮阴侯

二十四年读史记，纵横天下计无穷。

淮阴忍辱就漂母，仗剑出家为从容。

项王喑呜千人废，将军于此无寸功。

刘邦困弊多险厄，萧何月下恩遇隆。

百战山河定楚汉，四百余年残阳红。

无奈先生怀妇仁，身首异处咸阳宫。

千年史册留耻辱，只因一时少计谋。

当断不断受其乱，龙虎风云路未通。

传说九族皆夷灭，幸有孤儿出牢笼。

后来戏曲争传诵，芦苇萧萧哭英雄。

司马秉笔著信史，春花秋月哀长风。

烈士英名终千古，我今依然吊韩公。

五十年来未有得，空负才名化沙虫。

三十六计走为上，潜伏爪牙古今同。

我读史书渐明了，一生未能与天逢。

空怀宝剑居人下，孤苦无依困蛟龙。

淮阴列传励豪杰，一篇读罢泪朦胧。

人生南北多歧路，莫作空山一衰翁。

万里秋江我垂钓，九天展翅看大鹏。

春到梅关第一楼

春到梅关第一楼，五十年来几度秋。

人生常有不解恨，何必终日涕泪流。

马迁著史春秋外，李白啸傲鹦鹉洲。

东坡赤壁看周郎，范公只为天下忧。

笑我一生多才气，辜负江山未着愁。

输了文字输了怨，难见沧海恨悠悠。

诗词三百七十首，血泪飞迸任情流。

半生苍凉全在此，笔下亦曾起吴钩。

上穷周秦下民国，西到流沙东琉球。

可惜我生也年幼，唐风宋韵未能周。

元曲小令或可诵，曾记西厢玉搔头。

大唐诗人白居易，是我戏剧之春秋。

泪洒扬子江上水，暴风雨前鸟啁啾。

关马白王俱神往，林冲夜奔血泪流。

中华活叶三千卷，眼底风云看不休。

古文观止实未止，宋元明清创新猷。

鲁郭茅巴老曹谢，现代文艺又未收。

我家虽在东山下，采菊东篱未见佳。

我志虽有陶渊明，偏恨年年不见花。

四十七年长流水，冬去春来赋年华。
诗词歌赋少格调，眼见西山日已斜。
白发千茎空惆怅，窗中云影乱如麻。
故乡山水我起立，胸中常有片片霞。
雪芹贯中施耐庵，红楼一梦是我家。
水浒三国金瓶梅，笑笑书生作生涯。
古来多少无名氏，仰天大笑出长街。
今年恰逢正月六，我心又已上高车。
皆因梅花已来到，愿学老农去种瓜。
人生代代当如此，何愁子孙不荣华？

美人一笑过寒溪

美人一笑过寒溪，梅花两点透禅机。
平沙落雁君知否？寒鸦戏水最区区。
蕉窗夜雨有泪滴，梧桐叶落更凄迷。
贵妃醉酒长生殿，桃花扇里痛别离。
寻寻觅觅多少恨，冷冷清清受寒饥。
千古江山谁似我，万般苦痛情依依。
寒溪月落花月痕，花月何曾照古人。
梅花虽有长相忆，不及蕉窗夜雨情。
忆君年少常大笑，羽扇纶巾绝等伦。

待月西厢君莫笑，空山鸟语梦里闻。
叹息美人难下泪，唯我泪下雪纷纷。
至今四十年又七，耳边从未听箫笙。
笑他万事有因果，普陀山上花一朵。
人间自有缥缈事，美人从来不属我。
但见春来小桃红，一点相思意尚可。
珠翠在身不言佳，灵妙飞动自绮罗。
近年常常踏芳草，百媚一笑心头抹。
赏花弄月有滋味，皆因我把寒溪过。

闻鸡图

欲过寒溪未过溪，梅花树下一山鸡。
鸟飞林丛花无语，人在溪边自在迷。
鸡行无路花无蝶，花谢花飞深树里。
溪月不知心里事，江草江花一时稀。
百年好梦成虚幻，鸡鸣月落我起立。
蜀山万里铸剑客，抖落星斗如急雨。
凤飞梧桐高千仞，仰望山崖响霹雳。
人生代代无穷已，唯教千年一叹息。

习书吟三十八句

记得高峰练书法，堰塘边上洗墨砚。

碧荷翻浪射秋水，古人胸次在眼前。

当时年幼未知事，临习古碑根底浅。

只因用心气太浮，字字写来愧先贤。

我父从旁加指点，耳提面命又三年。

神游大荒山之外，心骛古书与琴弦。

前生未曾通翰墨，二王于今更去远。

自信红尘三千丈，何须藤蔓强加焉。

成渝古道窗外过，京华烟云飞珠帘。

葛亮南阳有大志，翠竹临风舞翩翩。

一担江山肩吾手，清流数湾涌趵泉。

我读三国常心会，拔剑抉云拍栏杆。

吹箫歌谈两无意，习字更觉太麻烦。

四十年来恍如昨，每见先贤便辛酸。

抗心稀古我为上，藏器待时慕天缘。

书也何仿勤加勉，二王古法从头看。

洗尽墨池平生愿，留取丹青照书简。

诗词歌赋有于人，琴棋书画亦婉转。

上告苍天下告民，人生风流始得全。

梅林行四十八句

朱德当年在梅林，城厢毗河尚有村。
古驿荒凉晓寺近，青灯黄卷听钟声。
滇黔自古多战云，西川于今又成尘。
松坡一去无音讯，熊唐争斗起纠纷。
玉阶不忍倒悬困，跃马西江出北门。
雪舞风啸云顶下，平原一带梅森森。
梅花不开万种愁，梅根梅叶自清芬。
将军驻马梅林侧，轻抚宝剑拭泪痕。
一钩残月谁人晓，披星裹袍到天明。
大雪纷飞无消歇，英雄长叹路难行。
牵马过河溪山头，梅林深处闻古琴。
讶问丈人知何处？高僧开颜指迷津。
更有村姑一笑痴，马行翠峦立霜晨。
三十年来未得计，万里风云在胸襟。
西南不是征战地，蜀中父老每相问。
丈人村姑皆有意，暂借梅林叩明经。
马放南山刀入库，轻讴唐诗与宋文。
丈夫虽有冲天志，亦须坚韧待晨昏。
梅林多情属英雄，拔剑起舞慕长鲸。

登高一呼天下应，回首苍茫忆前生。
我来梅林重凭吊，不禁唏嘘感路人。
洒下梅花泪千滴，高山流水两知音。
鸡声茅店度日月，要看红日起千寻。
玉笛新声双有缘，梅林再谱新乾坤。

苏东坡放鹤吟

东坡当年曾痛哭，峨眉月小楚山孤。
长江未有东风岸，唯见江天草木枯。
一杯浊酒无人会，玉笛难吹牧马图。
秋水缥缈照人影，仙鹤不鸣鸣孤鹜。
赤壁安容周郎住，孔明手中少兵符。
孟德对酒叹朝露，孙权年少太糊涂。
无奈刘备气太浮，不输曹魏输小陆。
东坡涕时月已落，瘦马一匹过汴河。
杜鹃啼血皇恩少，行李萧条家国破。
明月松岗孤坟下，秋风萧瑟鬼唱歌。
老父已眇弟太小，子侄个个逐逝波。
而今娇妻又分别，人生大梦谁可说。
自从前年走杭城，苏堤春晓柳色新。
马蹄才没浅草里，便见酒旗二三分。

西子湖畔去放鹤，钱塘江上动潮音。
六和塔下人雀跃，灵隐寺里钟鼓鸣。
杏花江南春雨早，江浙处处有琴声。
年年月月花相似，洞箫吹时总关情。
老夫莫挥感时泪，庐山面目何能清？
我来放鹤君已杳，儋州惠州都了了。
先生墨迹太苍凉，一篇读罢众山小。
万里归鹤蜀山道，莫向江北流云绕。
峨眉山月照颜色，卧听松风人不老。
千古名传放鹤吟，先生小子一同好。

柳亚子　苏曼殊　李叔同三首

柳亚子

南社领袖俱联珠，一声啼唱到姑苏。
李杜文章生意满，苏辛佳作韵味余。
别却江南无恨事，和罢毛公起新图。
昆明湖上亦有怨，说到牢骚句便殊。

苏曼殊

断鸿零雁失孤儿，东洋三岛系柳丝。
一木敲落千山月，万花开遍百鸟枝。

雪下草庵惊大梦，泪别人间伤春时。
西子湖畔踏霜雾，老僧去罢我来迟。

李叔同

一曲长亭送友忙，笛声幽怨到钱塘。
戏剧翻成新历史，歌词谱就大乐章。
不堪寂寞悲虎跑，且住仙山感慈航。
画笔最是清淡味，标出人间梅花郎。

萧友梅　刘天华　聂耳　冼星海四首

萧友梅

问君南北与西东，人生如蕊别孤蓬。
沉醉不堪昨日事，春花秋月飘若鸿。

刘天华

空山鸟语病中吟，一生未作光明行。
弟兄俱是神仙客，惊却多少梦里人。

聂　耳

毕业歌哭神州日，桃李落尽有谁知。
儿女风云真义勇，正是杜鹃啼血时。

冼星海

黄河逐浪比天高，农村二月踏青郊。

延安窑洞星海阔，苏武牧羊怨笛箫。

齐白石　徐悲鸿　张大千　刘海粟
四首

齐白石

湘潭木匠未读书，雕遍神州上京居。

白石刻在春风里，龙虾争斗霸王图。

涂悲鸿

悲鸿画马得于天，更叹愚公能移山。

洞箫横吹蹊我后，丹青处处有江南。

张大千

一袭道袍冠古今，美髯长须也风神。

江山万里不须住，人间画坛一青藤。

刘海粟

沧海一粟君莫笑，黄山归来品自高。

浓墨泼尽千峰秀，清风明月最逍遥。

胡风　丁玲　罗广斌　张爱玲四首

胡　风

七月流火风正狂，孤舟一叶拍大江。
月落乌啼观沧海，泪洒西川润胡杨。

丁　玲

桑干河上听山歌，莎菲女士采茶多。
霞村过后秋凉至，风雪人间受折磨。

罗广斌

红岩光焰照中华，举国争诵大作家。
洛阳花开还纸贵，投阁不堪令人嗟。

张爱玲

第一炉香还佛愿，红尘滚滚书亦香。
金锁未开心中事，一生悲叹总凄凉。

战国四公子四首

孟尝君

田文煮酒论乾坤，走齐相魏拼死生。

敢养门下三千客，弹铗长歌有冯卿。

信陵君

窃符救赵诛晋鄙，公子号称魏无忌。

战国多难出英雄，一声吼叫天下起。

平原君

毛遂自荐已黄昏，说动累卵到春申。

平原未曾青白眼，始有今日克强秦。

春申君

黄歇用法气太刚，姑苏门外燮阴阳。

移花接木偷天日，未识李园中山狼。

康定行

康定多异色，少时即知名。

荒漠无人住，冷落少烟村。

藏民不通语，风俗莫能闻。

我心曾迷惘，问道老乡亲。

乡亲亦不详，如堕五里云。

尔来已卅载，去年方成行。

成都向西去，先过雅安城。

茶马古道远，名山峡谷深。

宝兴熊猫在，足迹遍山林。

车顺江流走，两岸杂树青。

蜿蜒棋盘道，山高路难寻。

夹金山为最，直插摩天云。

风吹八面冷，寒透肌骨深。

小金县城小，犬吠听声声。

红军曾来此，遗迹今尚存。

风景别有味，江水照人行。

甘孜藏寨古，青稞暖人心。

康定城中走，流水满街声。

雪浪争舞蹈，藏獒亦欢腾。

我观此地久，胸中涌激情。
大渡河水险，泸定桥更神。
铁索凌空悬，周遭暮色昏。
惜我不能过，惭愧飞将军。
一路多险厄，劫后庆余生。
酒家叙衷肠，但闻老泪倾。

天台山

天台之山似天台，浩浩荡荡走将来。
邛崃山脉派一系，力拔川西冠群才。
台面平阔三百里，日光照耀金鳞开。
春来观云玉霄顶，莹华殿里听惊雷。
夏到蟠龙玩瀑布，月洞飞水忘忧海。
秋临十八香草沟，月下赏灯和尚街。
冬至石林小磨坊，陆游亭上嗅蜡梅。
噫吁兮，天台之景多变幻，四季如画处处栽。
银顶峰下倒靴石，西川绝壁最精彩。
山奇水怪林优美，石头唱歌入梦怀。
平生好游走天下，人间万事谁可哀。
阅尽春色人不老，明日再把江山栽。

峨眉山行

虎溪精舍山之下，伏虎寺傍山之涯。
千面观音莲台坐，佛国涌出莲之花。
松柏高耸蓝天上，翠栏常围溪桥跨。
报国寺里香客多，听讲故事尽咨嗟。
震旦第一早有定，康熙御笔刻摩崖。
山环水转上山去，秋雾弥漫见霜花。
雷洞坪上赖步行，缆车直上到金顶。
舍身崖畔最壮观，四围山色看佛云。
毗邻山崖历历见，惠风和畅一身轻。
红日一轮天际出，粉红绣球冉冉升。
下山又见群猴出，跳闹玩耍戏行人。
万年寺里亦有猴，与人合影通灵性。
无梁殿里观大佛，普贤骑象惠僧人。
听说求告多有应，香火堆集烈焰腾。
一路来到白龙洞，桫椤树下去摄影。
小坐时饮峨眉茶，清心明目壮我行。
山水如画扑面来，清音仙境鸣钟声。
溪水澄碧见倒影，竹楼馆舍一色新。
我游峨眉只两日，心胸开阔闻佛音。

只因前辈吟哦多，暂写几句听分明。

观乐山大佛

山是一尊佛，佛是一座山。
山与佛相见，佛在山之间。
我来观此佛，红日正中天。
徘徊叹良久，忽在白云端。
足下浪涛涌，头上有瑞莲。
弥勒多大肚，任人摩挲玩。
无奈佛之大，不及脚趾间。
我心颇惭愧，返顾自身偏。
要得佛心定，自心当洁廉。
我今五四寿，愿以此自勉。

翠月湖

翠月湖上月，灯火照溪缺。
千山飞绿意，万鹭鸣幽咽。
风挑园中杏，草沾花间蝶。
桥岸有酒家，唯饮一瓢雪。

黄龙溪

古名黄龙溪，水在西川西。
涛吼千舟发，浪涌乱石立。
绕祠黄桷树，飞鸦岭云陂。
镇中十万户，幽然一乐居。

游蒲江石象湖后忆

蒲江石象湖，野花满山麓。
紫萝垂秀地，金菊傍翠竹。
郁金香清芬，紫藤映乔木。
百鸟林中唱，麋鹿队队逐。
松柏笼四野，庭院倚茅屋。
高台一瞭望，千里森森束。
两山夹一道，壁立洞天庐。
清泉石上滴，琴声歌西蜀。
但见魏了翁，千年尚高古。
缓步下石级，幽然一水库。
明镜画中开，轻摇闻舟橹。

我来船上坐，清风润肺腑。

又见汉严颜，义夺蜀先主。

张飞亦有智，不只在英武。

漫漶识碑文，奇功历历数。

归来拾落照，白鹤凌空舞。

忆上海东方明珠塔

东方有明珠，雄峙上海滩。

塔高五千仞，俯视一万年。

黄浦水不见，白云荡胸间。

鹤声下东海，悠悠在耳边。

杨升庵　黄娥二首

杨升庵

一门父子七进士，百代文章推用修。

蜀国千帆腾入海，京都万叶歌吟秋。

议礼抗朝忤暴虐，奉旨入滇消边愁。

瘴疠不是书生地，杨花落尽上高楼。

黄　娥

升庵南行一家哭，可怜湖上悲宛姑。

素笺难描心中事，青红染成相思图。

月落西厢坐白夜，雨打芭蕉理诗书。

状元捧读唯泣血，回望蜀山泪眼枯。

张恨水　金庸　琼瑶　余秋雨四首

张恨水

章回小说称大家，恨水朝东唱三巴。

白话之后古文在，旧诗吟成新诗嗟。

啼笑姻缘证佛果，金粉世家觉中华。

八十一梦俱天得，醒来犹自著琵琶。

金　庸

大侠豪气意纵横，书剑恩仇阵云深。

杨过偏爱小龙女，令狐敢杀岳不群。

笑傲江湖惊天下，誉满神州入大秦。

归来还赋连城诀，峨眉山下一老僧。

琼　瑶

窗外青青河边草，婉君凭栏雨潇潇。

月下偷期有血泪，花前订约几春潮。

还珠格格情性具，训导嬷嬷手眼高。

倾国最是弄才女，一曲唱罢舞天骄。

余秋雨

秋雨散文如秋雨，文化之中一苦旅。

深山风恶白日横，关河梦冷苍原洗。

因叹千年争高下，不辞万国种桃李。

玲珑剔透散花客，占尽江南翩翩起。

秋　瑾

秋瑾诗篇绝代娇，女侠剑气割紫袍。

能照秋水孤鸾影，安住香闺小凤巢。

东瀛走马樱花醉，中华举义怨恨消。

题壁最是绝命日，引吭高歌上断桥。

无牌调　琴台路

晨起踏沙，到百花，一路来寻诗婢家。七宝楼，堆金叠玉，石崇斗富竞豪奢。别有天地，水阁连云听胡笳。　　相如里，看文君酌酒多风华。更鲈鱼肥美，鲜嫩亦堪夸。辛辣，人生风景也不差。江畔流水默默，似昔年兴叹长嗟。

大竹观音中学歌

观音河畔水上水，清绿环抱小村里。
芦花照人浅草外，中有渔船深树底。
笛声苍凉撩人意，几处炊烟上瓦脊。
燕雀翻飞窗前过，但闻奔雷下山雨。
怒浪滔天漫高墙，一时惊呼人潮立。
挥臂挽袖欲征战，洪涛滚滚势不依。
我辈年少知几何，幸有老师明其理。
大禹治水三千年，因势利导黎民喜。
更见风波一样情，相扶相挽不忍离。

说话之人似洪钟，白发萧萧一老翁。

华蓥山上曾走马，巫山巫峡留其踪。

读破万卷任挥洒，师生俱称启群公。

还有一部活字典，形容枯槁像歪松。

吐纳吸气皆称意，任他喝骂开让功。

我曾轻轻绕其后，得见先生泪眼红。

图书馆里宝物多，我于此处观沫若。

老师喜摆龙门阵，此人名叫王道兴。

家住青滩倒石桥，风度翩翩酒量高。

一笔好字惊年少，愧我无缘临书毫。

又曾听说李鸿章，李牧乃其好孙郎。

先生善演文明戏，红岩之中饰元举。

色厉内荏大反派，衬托江姐如虹霓。

袁云礼安陈美中，文史数理样样通。

学明显田沈扬英，各领风骚俱称雄。

人生南北一场戏，曲终人散我独立。

近闻先生多已去，深宵啼哭泪凄迷。

观音济世大悲愿，西天佛国焚香积。

我祝母校常济世，青山不老绿水漪。

百年校庆我归来，长歌当哭表心意。

叹　友

人生难得是有缘，有缘便能成天然。

世间万事东流水，多少浮云散孤烟。

桃花不遂人心愿，空洒碧血染秋山。

长河落日归帆远，明月来照芦花湾。

浊酒一杯家万里，抵掌倾谈凋朱颜。

天下唯有君与我，盖世英雄笑千年。

风雨雷霆鸡鸣夜，拔剑刎颈别乡关。

至今未得功和名，徒留荒冢土一峦。

我读史书常下泪，哀其天缘不得全。

高山流水古人意，今人何曾等量观。

哀外祖母黄母徐氏老大人六十二句

外祖母姓徐，黄城大家闺秀，及笄之年适黄，未几孀居，艰苦备历。晚年双目失明，饱受磨折。而今撒手人寰四十年矣，因且走笔，哀以歌之。

黄城寨下徐家女，西厢阁外拾花雨。

女儿经读明三传，第一炉香芝兰起。

明眸皓齿粉面春，素纱裹就轻衫洗。

潇湘馆里走纹枰，蘅芜院中弄诗笔。

当时多少男儿气，化作白云上春旗。

忽来月老夺年少，匆匆嫁作游仙妻。

丈夫本是纨绔儿，骑马入城赌博弈。

万贯家财都输尽，唯剩三个小儿女。

庄院叶落人稀少，孀居如今雁孤立。

罗裙不耐旧时装，对镜难把云鬓理。

浊酒一杯时时啜，空庭流萤飞入壁。

大儿从军求生计，小儿蛮横化沙碛。

我母行年正十五，风雪弥漫谁可倚？

国事日非肠已断，收拾荒山务生机。

打谷场上衣衫湿，后园还弄一菜畦。

千金小姐无体面，只缘今朝遇寒饥。

一旦归为农夫女，素面朝天失真迹。

正喜春花又重开，天旋地转堕入泥。

地主不许见青山，只许地主泪凄迷。

二十年来唯啼血，灭去尊严长叹息。

幸有外孙个个好，手把小儿喂汤米。

我辈年少不知趣，老人辛苦劳身体。

头上霜发根根白，我家生活日日齐。

父母省得多少力，皆我外祖大功绩。

无奈"文革"须归去，兄妹四人皆号泣。

一年之后双目瞽，手抓青篾溅血衣。

卧床三年不见日，犹记门前桃与李。

临终之时呼我母，我母远在数百里。

炎炎红日堕白夜，但闻浩歌悲天地。

四十年来长嗟叹，我今一哭语近俚。

人生常有悲欢事，吾祖高风照后子。

奶母孙秋碧词

奶母寡言语，性情偏老实。

身材唯单薄，门前竹一枝。

飞针能走线，绣花有画眉。

也能唱山歌，其声追彩月。

粗识之乎者，讳号孙秋碧。

早岁遇人恶，夜夜含悲泣。

离异别选择，不在闻秽语。

丈夫有蛮力，义气感天时。

翁姑亦贤明，主家善操持。

归来两年后，抚育一男儿。

翁姑喜且欢，丈夫狂笑痴。

再教重生子，藤蔓草离离。

无奈难存活，数胎一并死。

我哥正初生，阿母不能饲。

奶母细心养，哺育从未迟。

我又来人间，奶母重加食。

两兄并一母，奶母何贤慈。

鸟儿对对飞，奶母乐日日。

中间辛苦状，未可道万一。

我年已十岁，不认亲庙祠。

奶母家为家，骏马任我骑。

为我洗污体，腰身没沟渠。

为我灭蚊蝇，中夜守更值。

为我亲采药，满山留足迹。

何乃去匆匆，行年正五十。

我今一洒泪，望断高山寺。

遍地迎春花，开放香溢滋。

吊四弟岁丰五十句

四弟名岁丰，早夭，年四岁，然聪明
活泼为吾家之宝，且于予兄弟情深，遂有
纪。

吾弟名岁丰，生于九月中。

时正逢霜降，天下俱为公。

惜母不能养，无奶难成龙。

我祖心悲切，抚育亲化工。

汤米时时捣，夜夜济哀穷。

弟也饭菜足，三岁矫若虹。

庭院自玩耍，游戏在城东。

屋梁有燕巢，挥竿欲弯弓。

后园竹林地，白鹤跃高空。

吾弟上下逐，扑腾捉飞鸿。

池塘荷花艳，摘来自美容。

亦随我学诗，嘤嘤鸣春风。

吾祖欣且慰，父母亦欢腾。

兄弟俱和谐，一家乐融融。

最是我与弟，情深加倍浓。

呼我为阿哥，憨态似小熊。

我亦亲抚彼，温暖两相通。

树下斗蝈蝈，墙外钻山洞。

于今四十载，仍可辨其踪。

谁知天丧汝，岁寒遭霜冻。

四岁即离去，人生大悲痛。

此乃克山病，起源在关东。

今乃不复言，弟已作孤蓬。
但愿九泉下，助我文笔红。
来生若相会，再为亲弟兄。

乡人江探花传

　　江探花，名国霖，四川大竹人也，吾
之乡贤。清道光广东巡抚，未几遭害，二
百年来竹人无不憾之。

大竹有铜锣，山下一书阁。
地名盐井沟，高飞居鹳雀。
公乃江氏子，三代仰萧何。
父祖皆儒师，刀笔无人过。
为人且宽厚，周穷尽余热。
瓦罐焙绿酒，红虾上铁锅。
来年生贵子，探花插山阿。
民谣才四年，国霖赴京洛。
殿试夺魁首，皇上加恩多。
御花园游晏，挥墨翰林科。
江湖满天地，风月看藤萝。
走马雷琼道，黎寨倡耕作。

椰林凿广路，屯田烧山火。
诗书勤加勉，教人别善恶。
祠庙重修葺，天涯渡佛陀。
未几国有难，海上起风波。
则徐鸦片战，探花亦奋戈。
英雄志未酬，长天日月落。
身遭不白冤，万事凭谁托？
无奈吞金逝，魂归白水河。
后人同声吊，英名共传说。
黄城仰壮观，千古永不磨。

乡人范哈儿传

　　范哈儿名绍增，四川大竹人也，民国
年间四川军阀。其人虽出自草莽然亦有
智，今之范哈儿乃野史传闻不足信，遂作
传以正之。

民国烽烟起，军阀如盗立。
川东多绿林，横行乡里曲。
人民皆苦怨，日夜闻号泣。
范家出哈儿，挺身上山居。

虽未读水浒，行且也忠义。

手刃不仁富，巨奸敢刀劈。

往来能飞檐，身轻落燕泥。

梅花桩上站，犹可穿铜壁。

世人惊且叹，微笑不浪语。

也爱金与钱，但讲义和礼。

也爱红妆面，但讲凭天取。

平生不奸盗，无论男或女。

招安下山去，杂服改戎衣。

聘来高参座，讲读春秋易。

沙场竞驰骋，鏖战夺军旗。

抗日声犹壮，长驱数万里。

歼灭倭奴仔，威风镇虎罴。

登高一断喝，堪把张飞比。

性好饮美酒，狂歌动天地。

晚年亦好道，归隐向体育。

肖像容色正，威武双浓眉。

我今作小传，后人从此遗。

遥忆知青吟

当年步月色，同心水库侧。

十八为知青，头上顶霜雪。

茅屋只一椽，灯火鸣幽咽。

水声闻犬吠，雄鸡报长夜。

坡上青青草，瓦共露华白。

同伴三五人，来此务农业。

唯我读书多，其他未可曰。

闲来无所事，渔樵访于野。

白昼逐鸡犬，深夜作盗贼。

蒜苗随便采，我亦踏青麦。

猎狗为佳爻，钓鱼获美色。

汤锅喷香甜，饮酒且壮烈。

时不予我等，况其大"文革"。

也曾勤加肥，挑担未能歇。

也曾下秧田，追赶步伐迫。

也曾弄蔬菜，佐我盘中叶。

人也不加美，遇事多见责。

谓我不知农，但识高飞阙。

我心正迷惘，度日如年月。

何时乘风去，解我五内热。

大坝观渔港，晚唱空悲切。

所幸转星斗，天高地又阔。

别来已卅年，叹息长川泽。

杂诗十首

其一

一场游戏一场梦，十年辛苦十年穷。

万语千言说不尽，多少辛酸在此中。

其二

四十二年何所依，黄叶萧萧满目凄。

若得春风带雨露，上林苑中花满溪。

其三

身处艰难困苦时，岂有豪情赋相思？

待到明年花开后，绝胜烟柳满天知。

其四

十载辛酸无人问，年来奔走不自由。

万里江山收拾尽，一腔热泪向西流。

其五

一年三百六十日，到底能读多少天？

辋川两百诗三百，夜读华章到仙山。

其六

黄梅昨日起新声，苏州评弹有余音。

一曲江南歌正好，水木清华风雅人。

其七

执箕奉帚二十年，伤情往往路漫漫。

秋风送我多少泪，昨夜犹梦小栏杆。

其八

烽火霹雳家山路，到处争忙总不如。

回头应是桃叶下，管领春风一校书。

其九

常以奇文作奇谈，每多奇文著天边。

天章云锦何曾改，倩谁寄去作奇传？

其十

云霞如梦亦如烟，一幅锦绣一幅山。

都以江山阅以尽，任从逍遥任从闲。

附一　对联十则

胡跃先诗稿

之一

鱼龙寂寞秋来早

烟树空灵鸟去迟

之二

蜀水蜀山蜀国蜀人总有泪

锦城锦里锦江锦色皆无情

之三

巴山夜雨润嘉木

锦水春光照美人

之四

是锦水之滨三界元老

做岷山府幕一流哲人

之五

水到长江天意老

海生明月光辉圆

之六

怜子兼怜故国

有情便有佳人

之七

狂歌日月走天下

醉酒江湖写碧山

之八

憨眠杨柳嚼春色

细读人生品好茶

之九

饮茶古寺扫黄叶

清点汉唐著史书

之十

室雅何须大

艺高才是真

附二　新诗歌词

胡跃先诗稿

哦，故乡

家乡的芙蓉花还在没在开放？
村头的黄鹂鸟还在没在歌唱？
河边的妹妹哟还记不记得住对岸的船桨？
坝上的老牛哟还在没在守望着天边的夕阳。
哦，故乡，故乡。

儿时的梦想仍滴落在我的脸上，
青春少年的思念还唤得回几多苍凉，
秋雨来临的季节我咀嚼着一瓣瓣花香，
我不知道还能不能够把你留住我心爱的姑娘。
哦，故乡，故乡。

我还想再看到芙蓉花的开放，
我还想再听到黄鹂鸟的歌唱，
还有那河边的船桨，
还有那坝上的夕阳。
哦，故乡，故乡。

樱桃树

我家的后院有一棵樱桃树，
樱桃花开牵动着我。
樱桃绿了又红了，
我家的樱桃成熟了。

我美丽的家乡曲儿

家乡的曲儿美不美？
我在梦中时刻想念着您。
时光过去了二十多年，
我心爱的人儿您在哪里？
回想当年您我同坐一桌，
您那温润浸透着我。
我多想抚摸您那美丽的面庞，
但我自惭形秽不敢越雷池一步。
我知道您是何等的高贵，
直到今天您也还是那样貌美如花。
看到您的女儿就想到您的过去，

但我从未听到您那美妙的歌声。

假若有一天您我还能够重聚，

您是否愿意为我吟唱一曲家乡小调？

啊，我的初恋，

我美丽的家乡曲儿。

樱桃和黄鹂

一树一树的花开，

听见那梁间的呢喃。

那是美丽的樱桃，

那是多情的黄鹂。

啊，樱桃哟，您为何与黄鹂做伴？

那是因为黄鹂的歌声悠扬了一个世界。

而那樱桃绯红的颜色，

也染红了整个的天宇。

是的，

樱桃的花瓣和黄鹂的羽毛，

都是同样美丽的东西。

我的红红的樱桃哟，

我的缤纷的黄鹂哟，

你们是那样的相亲相爱。

你们用生命的原色，

灿烂了一个如花的季节。

秋天的雨

深秋的雨淅淅沥沥，

给人一丝丝凉意。

雨啊，您为何不解离人意？

只因为我特别想念您。

阴沉沉的天空，

裹着风裹着雨，

我的窗帘儿一闪一闪的。

我穿着很薄的单衣，

伫立在窗前抛洒着我的泪滴。

只因为爱在深秋，

我才这般地想念着您，

我心头的那个伊。

白天我神思恍惚，

夜晚我追随着您。

随您走过高山，

随您蹚过谷底。

原野的风将我和您

轻轻举起。

那惊险的一幕

是那样的富于刺激。

爱在深秋，

我用嘴吸吮着您，

如同一个婴儿需要母亲的爱昵。

雨啊，越下越大，

但我仍然希望再来一次奇迹。

我今年已经四十六岁了，

人生还有几个世纪。

爱在深秋，

您知道我是多么地渴望着

您的失而复归，

而不愿您长此离去——

啊，我心头的那个伊。

濯　水

我在水边濯水，

水下是我的倒影。

倒影下有我的童年，

还有我那苦难的人生。

四十七年的长歌流水，

恰如那天边的浮云暗影。

清风徐来，水波不兴；

流水潺潺，琵琶声声。

村姑的背篓盛不完我的哀怨，

牧童的短笛吹不散我的愁闷。

我站在山高水远外叩问，

爹娘啊，

何处是我的归程？

美人，自从我看到了你

美人，你在河边濯水，

河水为你卷起涟漪。

美人，你在花间散步，

鲜花为你开遍朝霞和艳丽。

美人，你在云中欢歌，

白云为你舞起清风和虹霓。

美人啊美人，

自从看到了你，

我的心儿就属于了你。

我在湖边环绕，

你像燕子一样在我身旁飞来飞去。

湖水溅珠吐玉，

那是你青春的热力。

大雨滂沱的时候，

我的脸上已挂满了泪滴。

你不知道我是多么的不幸，

一个人在湖边痴痴地着迷。

湖上的微风掠过我的全身，

那是你的倩影在我的心头飘逸。

你热情健美充满朝气，

你青春勃发妖娆艳丽。

然而你又是那么文静大方，

知书达礼，高雅脱俗。

当我看到你那第一眼的时候，

我就在心里向你敬了礼。

但我不知道你是不是一个多情的姑娘，

我只把你来当作我心头的那个伊。

你要是一个多情的姑娘，

你就该传达出你的爱意。

尽管我们的目光已交流过多次，

但我还是不敢表达出我对你的迷离。

湖上的晨风啊，

你可不可以诉说我的遭际？

把我的一片片痴情，
化作爱情的双翼。
飞进姑娘的心里，
飞进姑娘的情里。
任湖水干了又湿，
任叶子枯了又绿。
春风来临的时候，
我们双双站立在船头，
去歌吟那风华正茂的新的世纪。
啊，美丽的姑娘哟，
这就是我一个陌生的人儿
对你的爱的歌曲。

梅　花

梅花，梅花，洒落地上的梅花，
当你低下头那一刹那，
我看见你那两道弯弯的眉毛，
就像那天上的彩霞。

梅花，梅花，洒落地上的梅花，
我多想再看你一眼哪，

哪知道你已经飞车离去，
消失在寻常百姓家。

梅花，梅花，
我们相识在城南之下。
那是一个秋日的下午，
地里已没有了任何的庄稼。
好像是一场大雨之后，
微风吹得稀稀沙沙。

梅花，梅花，
你知道我在窗前望着你吗？
你手里拿着毛线，
正在编织着美丽的图画。

梅花，梅花，
我虽然是一个多情的才子，
我却从来也没有喜欢过任何一朵花。
然而，就在那天晚上，
我把你拥抱在我的怀里，
久久也不放下。

梅花，梅花，

我闻到了你的香味啦。

可是，你却行进在乡间的小路上，

而对于梦中的我，

你在心里默默地说，

就让他甜甜地睡吧。

梅花，梅花，

我拥抱着你真的睡着啦。

我在黄城寨下，我在白天梦话，

万里长江酿就了我的美酒，

铁马金戈指向了地角天涯。

梅花，梅花，

当我神游八极的时候，

我还不知道我们的儿子已经悄悄长大。

又是一个美丽的夜晚，

我的泪水和着你的泪水，

一起流下。

梅花，梅花，

请原谅我吧。

如今许多人都已开始风流开始潇洒，

唯有你还没有放声大笑，

还没有看到鲜花。

梅花，梅花，洒落地上的梅花，
当你低下头那一刹那，
我看见你那两道弯弯的眉毛，
就像那天上的彩霞。

梅花，梅花，洒落地上的梅花，
我多想再看你一眼哪，
可是，你已经飞车离去，
消失在寻常百姓家。

兰草吟

也许是前生注定，
也许是今世夭桃，
你从蜀国驾一片白云，
来到这南浦大桥。
而我经历了许多磨难许多寂寥，
也来到这春申江畔，
沐浴着东方的花朝。
我不知道我会不会，

沦落在繁华的街市，

但我却在这里，

拾到了一片洁白的羽毛。

你从那大桥下面轻轻走过，

我的眼前即刻闪现出

一道靓丽的光毫。

虽然我不知道你姓甚名谁，

但我的心中已饮下了

一杯浓浓的春醪。

晓兰是你的芳名，

那悦耳的声音让我欢呼雀跃。

啊，晓兰，

你真是名如其人，

清香淡远不俗不刁。

如果说你是一幅青绿的山水，

我要说你比山水

多了一些嫩嫩的枝条。

如果说你是一幅古装的仕女，

我要说你比仕女

更加妩媚更加妖娆。

是的，

你生在古蜀国的崇山峻岭，

那里有百灵鸟婉转的鸣叫。

你也曾领略过金华读书台的仙气，

所以你总是那么优雅那么崇高。

而今，

故乡的山水已经离你很远很远了，

东方大都市

将会把你打扮得

更加完美更加风骚。

晓兰，

我为你祝福我为你自豪。

自从知道你的芳名之后，

我的心儿就被你俘虏掉了。

又是几个不眠之夜，

我为你冥思苦想，

我为你魂牵梦绕。

我想写一首小诗

来表达我对你的爱慕，

但我又不知道该怎样

来描绘你才好。

因为你是人间的花神，

我怎么能够随便祈祷。

但我在梦中却常常把你亲吻，

它让我飘飘欲仙魂上九霄。

晓兰，你大概还不知道，
我是一个社会的弃儿，
正经历着生离死别风雨飘摇。
我也从古蜀国而来，
吟听过李太白诗意的美妙。
正因为如此，
我的身上多了一些诗人的气质，
少了一些大丈夫伟男儿的英豪。
而我的道路也总是坎坎坷坷，
几多泪水几多血泡。
美丽的女人是我最钟情的花朵，
她让我文思大进意气飘飘。
但我却误入到那带刺的花丛，
险些迷失险些跌倒。
我也曾踟蹰在灯红酒绿
的暗影下面，
为的是自我麻醉自我焚烧。
但每一次清醒之后，
都让我无比惭愧泪雨滔滔。
我知道上天不会让我堕落，
不会让我逃跑。

它要让我振作，

它要让我呼号。

但我能飞跑起来吗？

我多么想驰骋八方，

纵情逍遥。

如果我能飞起来，

我想你做我的天桥。

让那牛郎织女从那桥上走过，

去吟唱那人生最壮丽的歌谣。

而那牛郎当然是我，

而那织女当然是你，

但我不知道你是否

会接受我这个真诚的祝告。

所以，我只有把这几行诗句，

隐藏在我心中的小岛。

什么时候你答应了我的叩拜，

我才敢把它摇到你的香巢。

一支洋伞

我独立在雨中，

一支洋伞撑起一片天空。

紧挨着我的是一个美丽的人儿，

她在左顾右盼，

她也许在期盼着意中的情人。

"三轮，三轮……"

美丽的人儿挥手离去，

身后留下一串清脆的响铃。

黄城寨下的白鹤

黄城寨下的白鹤，

飞呀飞，

飞遍了全中国。

你身上的羽毛，

是那么的洁白，

白过了万千颜色。

门前的老祖母，

你高寿九十，

看惯了多少春花秋月。

老爷爷，

你也应该含笑瞑目，

因为你的遗愿，

已化作了满山碧血。

我的饱经沧桑的老父亲啊，

你依然是那样淡定从容，

身躯似一片白石。

我的先逝的母亲哟，

我仿佛又看到了，

你头上的霜雪。

如今，

你的儿女，

正翩翩起舞，

旌旗猎猎。

黄城寨下的白鹤啊，

你的歌声，

似应该，

更加婉转，

响穷天阙。

你奋飞吧，

翻动扶摇羊角，

行遍关山，

行遍大河。

风雨中我们将，

仰起头颅，

聆听你如花的岁月。

《江山独行》歌词十首

序曲　五千年

五千年的河山，

五千年的梦，

五千年的爱恋永在我心中。

五千年的冷月秋霜，

五千年的万里冰封。

五千年寒光照铁衣，

五千年春花笑吐虹，

五千年的沉舟侧畔，

五千年的乌啼晚钟。

五千年的西风瘦马，

五千年的鹰击长空。

五千年哟，多少行人泪，

五千年哟，多少大江东。

五千年哟，五千年，

我的华夏赫赫文明风。

之一　英雄泪

什么叫英雄？

什么叫豪杰？

问一问天下苍生你才最明白。

昨夜的黄花，

今日的落叶，

染红了多少志士的鲜血。

秦始皇一统天下，

成就了千秋霸业。

诸葛亮六出祁山，

留下了雄风遗烈。

到而今一篇读罢头飞雪，

只剩下黄河扬子浪千叠。

多少英雄泪，

万古永不灭。

英雄啊，

莫悲切，

看明朝长空雁叫霜晨月。

之二　女儿魂

孟姜女哭长城哭出了一个故事，

绝代双骄谱写了多少中华的传奇。

都说是楚霸王力拔山兮，

怎敌他乌江岸美人的血迹。

一去紫台的溯漠，

唤不回晚来风急。

可怜飞燕的新妆,

遮不住霸陵伤别。

一曲长恨歌,

千秋血泪滴。

且莫说感天动地的窦娥冤,

更有那击鼓战金山的梁红玉。

蝶恋花飞飞满天,

泪飞顿作倾盆雨。

女儿啊,

莫悲啼,

你托出了千秋景仰,

光彩照人的大红旗。

之三　北京风光

香山红叶飞红叠翠,

昆明湖水流花照水人,

天坛回音壁回出了千年的绝响,

中南海飞出了美妙的歌声。

遥想当年,

契丹的铁骑圈出了一个都城,

金朝的琼浆玉液孕育了首都的先民。

忽必烈的浩荡雄风,

裹挟住了多少中华健儿的万古豪情。

啊，北京啊，北京，

卢沟桥的晓月记录下你岁月的沧桑，

圆明园的雕栏玉砌洒下了你太多的泪痕。

而你却朱颜不改，

风华绝代至美纯真。

听，湖面上的凉风

吹奏出牧童的短笛，

看，天上的流云飘动着

神仙一样快乐的人群。

还有那新中国的儿童，

正朝着新千年狂奔。

啊，北京啊，北京，

你是庄严的楷模，

你是和平的象征。

啊，北京啊，北京，

我们祝福你，

永远漂亮，永远年轻。

之四　巴山小调

阳雀叫唤李桂阳，

邻家的妹儿穿件花衣裳。

冬天的太阳暖洋洋，

妹儿啰，你在流泪为哪桩？

半夜里来秋风凉，

想起哥哥泪汪汪。

妹儿啰，莫痴想，

哥哥现在工作忙。

哥哥哟，不是妹儿太痴想，

只因为你在外面经历着雨和霜。

阳雀叫唤李桂阳，

半夜里来秋风凉。

隔山隔水永相望，

妹儿啰，你要好好照看爹和娘。

若要问哥哥我何年何月才得归，

明年春节回家乡。

万水千山游子意，

想起我妹妹哟痛断肠。

之五　上海民谣

南浦大桥连接着虹桥国际机场的灯，

东方明珠塔衬托出外滩的风景。

清晨的落叶飘洒下欢乐的歌声，

热腾腾的豆浆弥漫出油条大饼。

走遍天下忘不了这里的身影，

石库门里珍藏着多少乡音乡情。

潮涨潮落的黄浦江哟，

你翻腾着多少奋斗者的足音。

丁香花开美丽如梦，

流光溢彩春风怡人。

啊，上海啊，上海，

你前进吧，你飞奔，

您是乘风破浪的雄鹰。

之六　西湖胜景

山外青山，

白雾绵绵，

西子湖上飘起了道道青烟。

晓风残月，

冷落霜天，

好一派婀娜多姿的杨柳岸。

秋风秋雨愁煞人，

雷峰塔下埋藏了多少可人的婵娟。

白娘子的传说如梦如幻，

断桥上至今仍站立着泪眼凄迷的许仙。

三潭印月，

渔舟唱晚，

梅妻鹤子狂歌长啸在孤山。

江南好哟，

最忆是西湖。

日出江花红胜火，

春来江水绿如蓝。

之七　庐山春雪

登上庐山的那一天，

洒下了漫天大雪。

满树的银装素裹，

装点出南国春色。

横看成岭侧成峰，

苏东坡遥望长天壮怀激烈。

四面江山来眼底，

万家忧乐同心结。

叹只叹，

仙人洞中的千秋遗恨，

化作了杜鹃啼血。

悲啊悲，

不识庐山的人们仍痴迷在残碑断碣。

蓦然回首，

小桥流水人家，

那才是人世间最壮美的景色。

之八　长城落日

长城，长城，

你这金瓯缺，

千百年来赢得了多少好颜色。

五岳三山来朝拜，

万里金汤逊你三分白。

敕勒川，阴山下，

八达岭上但看你红旗猎猎。

大漠孤烟直，

长河落日圆，

流遍了多少郊原血，

恨不能把你裁为三截。

喜今朝，

北国江南歌大好，

长城内外同凉热。

神州好儿男，

洒泪祭雄杰，

要让那英雄的诗篇

千秋万代光不灭。

之九　东海观潮

东海之滨，

太平洋上伫立着一个大中国。

百年风雨，万顷波涛，

磨不掉你青春的本色。

看那岸上的桃花，

盛开在万水千山，

何等轰轰烈烈。

李白乘舟将欲行，

忽闻海上踏歌声，

那里有横渡大洋名垂青史的千秋俊杰。

啊，中国啊，中国，

您豪情万丈！

您光华四射！

《黄城寨下的儿女》主题歌
《再洒英雄泪》

你，你，你，你是谁，柔情似水，

望，望，望，望窗外，桃花欲飞。

握紧你的手，我心已醉。

春风夜渡川江水，

三峡号子声声催。

琴心剑胆铸花蕾，

巴山夜雨几时归？

女儿啊，莫伤悲。

看明朝，江山多妩媚。

何日君再来，再洒英雄泪。

电视剧《阿姨，你别走》
主题歌歌词

白鹤飞起二脚伸，

前面大嫂好个人。

问她流泪干啥子，

她说她要出远门。

清早起来去上学，

钥匙掉在大树脚。

落了钥匙无了锁，

妈妈病了还有我。

天上星星数不清，

阿姨好处说不尽。

叫她莫走她要走，

你说伤心不伤心？

电视连续剧《泪洒扬子江》
主题歌歌词

记得鹦鹉洲的雨，
记得西陵峡的风，
风风雨雨大江东。
记得黄浦江边火，
记得雨花台上血，
血火青春巴山月。
啊，
大江东，
巴山月，
当年遗恨心悲切。
山含怨，
水含忧，
高山流水鸟啁啾。
碧血化春草，
沃土发馨香，
当年遗恨在，
泪洒扬子江。

电视连续剧 《成都官妓》
主题歌歌词

我爱你，我恨你（片首曲）

我爱你，我恨你，

是因为你在我心中。

想念你，又不想见你，

是因为你来去匆匆。

你说你命运坎坷，

你却繁华如梦。

你说你身世凄凉，

你却醉意朦胧。

夕阳有你的倩影，

落花有你的笑容。

我不知道你是人啊你是鬼，

我不知道你是雨啊你是风。

我的朋友我的爱人，

我的姐妹我的英雄。

你就是我，我就是你（片尾曲）

黄昏的时候我在等待着你，

日出的时候我在目送着你，
风起的时候我在思念着你，
花落的时候我在哭泣着你。
我多想你化作青云，
但你总是飘摇而去。
我多想你化作彩虹，
但你总是堕入污泥。
你要是化作青云，
我愿意乘风比翼。
你要是化作彩虹，
我愿意长埋大地。
啊！
你就是我啊，
我就是你。

电视连续剧《成都大风暴》
主题歌歌词

片首曲　家在成都

我的家吔在天府之国叫四川，
弯弯的流水青青的山，
山下有个成都省，

风吹芙蓉花争艳。

北门有个驷马桥，

西门有个百花潭，

南门有个华西坝，

东门有个塔子山。

九里三分人多情啰，

城里城外都好玩。

片尾曲 大英雄

青山外浅水边一抹残红，

孤月下流萤里阵阵冷风，

洞箫内花叶上红尘一梦，

发悲歌舞长剑笑傲苍穹。

人生苦难种种，

家国烟雨蒙蒙。

恨热泪常注心中，

问白发又添几重。

似这般煎熬谁能相与共？

但凭他一腔血喷洒西东。

挣得个锦绣山河也从容，

方不负天地间一个大英雄。

附三　文史杂记

胡跃先诗稿

红色经典作家罗广斌

20世纪40年代，他是《挺进报》最出色的记者

罗广斌，著名作家，四川忠县人，出自于成都一个书香门第。早年在成都建国中学就读时，与罗家关系较深的共产党员马识途成为其政治上的启蒙教师。而其父乃是富甲一方、颇有声望的著名绅士。大哥罗广文早年毕业于国民党陆军学校，后留学日本。广斌在罗家年次最轻，父母亦视其为掌上明珠，以期有所成就，常常以大哥罗广文为榜样嘱其成才。然而罗广斌的性格却颇为叛逆，对所谓的圣贤经传毫不在意，而对一些杂书则甚为迷恋。少年广斌除了阅读《三国演义》《水浒传》等小说外，还喜欢许多公案小说，这使他从小就擅长讲书。每于稠人广众之中高谈阔论，眉飞色舞，乡人无不称羡。其兄罗广文亦对其天才水平倍加赞赏。罗父更是乐不可支，他希望两个儿子一文一武，鹤立鸡群。而今长子广文已是抗日名将，老父甚感欣慰，而幼子广斌呢？罗家陷入了深深的期盼之中。

抗战后期，罗广斌在亲人的希冀中考入了重庆大学，了却了父亲的心愿。然而罗广斌却从此走上了与他父亲的设想完全两样的道路。他很快加入了中共地下党外围组织新青

社，与刘国志、曾紫霞、王朴等地下党人过从甚密，并阅读了大量的革命书籍和现代文艺作品，如《牛虻》《静静的顿河》《呐喊》《彷徨》等等。在与他们的接触中罗广斌发现了一个秘密：就是他们都是世家子弟，出身高贵，本人亦有良好的修养。刘国志的哥哥是重庆有名的大资本家，王朴的家是重庆江北的豪门巨富，然而他们都无一例外地献身革命，这使罗广斌深为感动，并坚定了革命信念。后来负责重庆学运的江姐（江竹筠）亲自到重庆发展了罗广斌入党，《挺进报》创刊后，罗广斌被安排做记者工作，这使他很激动。还是在大学时他就对新闻工作很感兴趣，当时他喜欢读《新华日报》上的文章。"路漫漫其修远兮，吾将上下而求索"，那一篇篇哀民生之多艰的"讨蒋檄文"常常令广斌热血奔涌，夜不能寐。如今组织上让他肩负起这副重担，用匕首和投枪揭露国民党的倒行逆施，宣传山城人民如火如荼的革命斗争。广斌深感责任重大，于是一个精干的编辑队伍诞生了：刘国志负责撰写重庆地方新闻，曾紫霞负责传递情报，陈然负责油印，几个人分工合作，高度保密。而罗广斌的工作最为辛苦，他要将重庆的工运、农运、兵运、学运全部掌握起来，并化作一支支利剑投射出去。《九二火灾真相》《川北暴动纪实》等文章像一枚枚重磅炸弹在山城重庆发出了猛烈的巨响，使他成为解放战争时期《挺进报》最出色的记者，从而受到中共南方局的表扬。

地下工作者面临的考验是严峻的，然而罗广斌他们早已将生死置之度外。江姐到下川东与丈夫彭咏梧汇合开展游击斗争，曾考虑调罗广斌一同前往，罗广斌亦有投笔从戎之打算，但经慎重研究，罗广斌选择了最危险的白区工作，继续担当起党的宣传家的重任。但他没有料到，由于原重庆市委书记骆安靖，副书记冉益智、刘国定，下川东地工委书记涂孝文等相继叛变，《挺进报》遭到毁灭性的打击，他和刘国志、曾紫霞、王朴、陈然等人被抓到了重庆中美合作所监狱，江姐也在万县被捕。

罗广斌的被捕使罗父惊恐不安，为此他责令其长子罗广文向国民党军统说情，此时罗广文正在大巴山"剿匪"，妄图全力剿灭共产党。特务头子徐远举答应帮忙，但要罗广斌写一份悔过书，罗广斌拒绝了。他在给大哥的信中表示愿将牢底坐穿，广文怅然久之，爱莫能助。从此以后，在重庆郊外歌乐山下，罗广斌和他的战友们度过了一个个漫漫长夜。但罗广斌是乐观的，在狱中他和杨森的侄女杨汉秀等人唱歌跳舞，自编自演，表现了高超的斗争艺术。不仅如此，他们还说服了狱医黄茂才帮助他们传递消息。

1949年10月1日开国大典，毛泽东的声音像春雷一样越过了千山万水，狱中的难友们无不喜极而泣，罗广斌当即扯下了红色的丝绸被面，交给江姐等人做成了一面鲜艳的五星红旗。从那一刻起，罗广斌就暗暗发誓："我要将这里的一切全部写下来，以昭示后人，永垂不朽。"然而蒋介石下达了屠杀令，11月27日，在刽子手的疯狂扫射中，罗广斌和极少数难友从血海中爬出来，突破了敌人的重重封锁，终于迎来了新中国的曙光。

20世纪50年代，他是《在烈火中永生》
最成功的撰稿人

　　山城重庆的解放，地下党与解放大军会师。他们像见了久别的亲娘一样，欢欣鼓舞。而罗广斌显得更为忙碌，在被刘邓首长接见之后，他开始撰写敌情资料，以配合接管。由于罗广斌长期战斗在敌人的心脏地区，对山城的军警宪特比较熟悉，写起来非常顺手，一份长达数万字翔实而准确的敌情材料很快完成了，西南公安部长许建国高度评价了罗广斌等人的工作，并向宣传部长任白戈推荐了罗广斌。

　　经任白戈的安排，罗广斌参与了查找辨认中美合作所烈士遗体，并清理其遗物的工作。在渣滓洞、白公馆、松林坡、戴公祠、杨家山、电台岚垭等地，罗广斌等人四处寻访烈士的遗骨。"昔日战友何所见，白骨累累堆成山"。素以侠客闻名的罗广斌忍不住放声痛哭，他哭他们的英风侠气，他哭他们的长歌不还，而今天人相隔，后继者当何以为？罗广斌一边默默流泪，一边为战友们抬棺扶灵，江竹筠、刘国志、王朴、李青林、杨汉秀、许晓轩、陈然、许建业、龙光章……一个个熟悉的面影又重新回到眼前。杨虎城将军的遗体是在戴公祠的侧边花台里找到的，他和他的儿子以及秘书宋绮云一家被掩埋在这里。那个欢蹦乱跳的小萝卜头，那个曾经给难友们带来过快乐的小朋友，如今你在哪里呀？罗广斌要将这里的故事，要将小萝卜头的童年告诉给新中国的儿童。从小萝卜头身上，罗广斌想到了许许多多的烈士遗孤，他和曾紫霞首先想到了江姐和彭咏梧的儿子彭云，并将江姐的遗书亲手交给他，他们还协助组织迅速安置了烈士家属及遗孤。在走访这些烈士家属的同时，罗广斌就开始注意收集烈士的革命材料了，他们的生卒年月，他们的姓名籍贯，他们的文化背景，他们的情趣爱好，以及他们的婚恋家庭，无不仔细搜寻，为他以后写作长篇小说《红岩》打下了坚实的基础。

罗广斌在奉节采访到彭咏梧牺牲后，敌人将他的头颅挂在城门上悬首示众，而身子暴尸于野，是当地老百姓冒着生命危险保护了他的遗体，并掩埋在自己的菜园地里。松涛阵阵，山风呼啸，一个游击队长的英雄形象，立刻定格在罗广斌的脑海里。从奉节云阳上行，罗广斌来到了江姐曾经战斗过的地方——万县，西山脚下的响雪石琴令罗广斌流连忘返，他想到江姐的伟大坚贞，高蹈出尘，难道不是和这雪琴一样空灵高妙，响绝人寰吗？而许建业的博大胸怀，凛然正气更是令罗广斌肃然起敬。由于许建业的失误，一份地下党名单被敌人截获了，对此许建业向狱中党组织做了深刻的检讨，并三次撞墙自杀未遂，后来他经受住了敌人的种种酷刑，表现了一个共产党人宁死不屈的崇高气节。"临危慷慨高歌日，争睹英雄万巷空"，许建业在重庆大坪被公开枪杀，数万群众低首默哀。

在痛悼革命烈士的同时，罗广斌亦没有忘记那些残害革命志士的刽子手们，猫头鹰李垒、猩猩熊祥、杀人魔王杨进兴，还有叛徒冉益智，西南公安部根据罗广斌等人的材料，迅速捕获了这些人类的渣滓，并将他们送上了历史的断头台。"解放区的天是明朗的天，解放区的人民好喜欢。"罗广斌感到好一阵轻松，真是扬眉吐气，壮志凌云，他要开始撰写革命回忆录了。在重庆市委的具体组织下，罗广斌等一批越狱脱险的难友很快完成了纪实性传统教育性读物《在烈火中永生》。由于罗广斌扎实的生活底蕴和深厚的文学修养，加上饱满的创作激情，他写的文章文史并重，才气横溢，深受读者好评，成为最成功的撰稿人。就在罗广斌大受欢迎，频频被邀请到重庆各大中小学、机关单位做传统教育报告时，1957年反右开始了。有人检举揭发罗广斌阶级立场不稳，替狱医黄茂才评功摆好，开脱罪责，他险些被划为右派，是重庆市委书记任白戈保护了他。任白戈欣赏罗广斌的才华，他不相信这位疾恶如仇的革命者，而今的团市委副书记会替反革命说话，他让罗广斌暂时到长寿湖农场去劳动一段时间，并祝愿他早日写出一部真正的文学作品来。罗广斌感谢任白戈的理解和支持，但他不敢握老书记的手，他怕辜负了老书记的期望，嘉陵江水滔滔不息，罗广斌哽咽难言，任凭热泪在秋风中漫洒。

20世纪60年代，他是《红岩》最著名的作家

身材高长、面容清瘦的罗广斌下放到长寿湖农场后，一边劳动，一边为自己制定了一个学习和创作计划，他决心三年之内完成一部以革命为题材的作品，以告慰革命先烈的在天之灵。为此，他阅读了大量的苏联作品，如《毁灭》《铁流》《青年近卫军》《钢铁是怎样炼成的》等，他从作家身

上吸取营养，摸索创作规律。但是外国文学毕竟有一层隔膜，罗广斌陷入了深深的迷惘之中。此时同在一起劳动改造的还有一位爱好写作的人，此人名叫聂云岚，是一个武侠迷，于是二人便放下书本，天南海北地乱侃起来，古今中外的文学作品凡是记得住的都搜罗出来，因为他们深知要完成的作品，可资借鉴的不多，而聂云岚对革命题材作品又不怎么感兴趣。道不同不相为谋，罗广斌决定和这个武侠迷在创作上分道扬镳。但是二人的友谊一如既往，两人仍一起喝酒，一起下棋，一起散步，一起议论三十六天罡七十二地煞，四大名著之一的《水浒传》的人物描写令他们叹服不已。20世纪80年代，聂云岚写出了新武侠小说《玉娇龙》《春雪瓶》，但他对罗广斌的人品才华仍然钦佩有加，回忆起那段岁月，他不禁流露出深深的怀念之情。很快罗广斌拟出了一个详细的写作大纲，并将小说定名为《红岩》。

从《在烈火中永生》到《红岩》，将经历一个艰难的过程，但罗广斌却义无反顾，万难不屈，敢于向悬崖攀登。他将他的写作计划寄给了重庆市委书记、文联主席任白戈。任白戈读后大为感慨，他发现罗广斌是一个雄心勃勃的人，他要通过《红岩》这部小说，把狱里狱外，城里城外，武装斗争，地下斗争，工运学运，前方后方等全部展示出来，这是一部可歌可泣的革命斗争史诗。如果说，《在烈火中永生》是一部纪实的作品，那么《红岩》将是一部并非完全虚构的长篇小说，老作家任白戈预感到罗广斌要干一件轰轰烈烈的事业。为此，他召回了罗广斌，并为他配备了两位精兵强将，一位是作家杨益言，一位是作家刘德彬。四川省作协的几员大将李劫人、沙汀、艾芜、马识途，亦对罗广斌等人的创作给予了极大的支持，嘱咐罗广斌一定要把女共产党人江雪琴的形象塑造好，使之成为文学画廊里一个崭新的人物。"红岩上红梅开，千里冰霜脚下踩"。罗广斌果然不负众望，精心刻画了江姐这位中华女杰的光辉形象，令亿万人民敬仰爱慕。

就在四川省和重庆市积极支持罗广斌等人的创作时，团中央第一书记胡耀邦亦给予了高度重视，他指示中国青年出版社派出资深编辑，帮助作者研究写作大纲。得到胡耀邦的肯定，罗广斌、杨益言信心倍增。他们去北京采访了被关押在功德林战犯管理所的大特务徐远举、周养浩、沈醉等人，对于描写反面人物更有了充分的把握。临开笔前，罗广斌又想到了一个传奇性的人物，时任贵阳市委书记的韩子栋，于是增加了华子良这一线索，使故事更为丰满。罗广斌不愧为写作的天才，1957 年开始提笔，在不到两年的时间里，他和他的战友杨益言于 1959 年完成了《红岩》这部长篇巨著，塑造了江姐、许云峰、刘思扬、陈岗、华子良、双枪老太婆、小萝卜头等众多栩栩如生，让人经久难忘的人物。尤其是他代拟的脍炙人口的陈岗《自白书》："任脚下响着沉重的铁镣，任你把皮鞭举得高高……"许多人还误以为就是烈士陈然的作品，甚至有人认为罗广斌就是刘思扬的原型。对此，罗广斌总是谦逊地说："刘思扬的原型不止一个，如果说其中有我的话，那我还做得不够。"小说出版后立即震动了文坛，并迅速风靡全国，一时间洛阳纸贵，一版再版，"文革"前即达到七十万册，成为中国最畅销的小说，后来又被翻译成多种文字，介绍到国外。

　　"斜阳古道赵家庄，负鼓盲翁争作场。身后事非谁管得，满城争说蔡中郎。"罗广斌的名气一下子传遍了全国，这位才华横溢的天才作家本以为可以告慰牺牲的烈士了，哪想到天有不测风云，人有旦夕祸福，"文革"爆发，江青首先发难，罗广斌作为文艺黑线的急先锋、叛徒文学的领头羊、任白戈的黑爪牙被揪了出来，遭受了非人的折磨。但是这位宁折不弯的硬汉子、文坛骁将坚决回击了造反派强加给他的诬蔑不实之词。在重庆大田湾广场批斗大会上，罗广斌正气凛然，威武不屈，厉声怒斥道："老子有罪，老子罪在歌颂了伟大的人民革命，歌颂了成千上万的革命先烈，歌颂了战无不胜的毛泽东思想。"罗广斌忍不住咆哮起来，造反派瞠目结舌，数万群众则无不为之流泪呜咽。然而不久之后的一天黄昏，这位中国最优秀的作家，终于不堪忍受卑鄙小人的凌辱，纵身飞下高楼，跳楼自杀了，结束了他可歌可泣的一生，年仅四十余岁。

　　　　　　　　　　　　　　　——原载《成都史志》

文学双星——沙汀与艾芜

巴山蜀水凄凉地

20 世纪 20 年代剑门关内的川北安县有一位风华正茂的少年，他的名字叫杨朝熙，也就是后来的沙汀。这位李白的小同乡收拾起行囊徒步到成都求学。

几乎与此同时另一位文学少年也来到了成都，他的名字叫汤道耕，也就是后来的艾芜。艾芜出生在成都平原的新都，这里也曾诞生过一位名震中华的人物，明朝状元杨升庵。两位少年在成都不期而遇了，他们一同进入了省立第一师范学校，梦想着有一天用自己的笔，用自己的文章，用自己的声音教出天下英才，振兴社会国家。

沙汀、艾芜没有失望，两位志同道合又同年同庚的伙伴进入的学校乃是当时蜀中最著名的学校，"名校历经年，风流士，多翩翩。锦绣天府，声光万里传"。这里荟萃了一大批优秀的教师，许多还是新文化运动的杰出干将，他们当中有的人后来成了共产党人，如张秀熟、袁诗尧等，革命老人吴玉章亦曾到校上过课，著名的革命先烈杨闇公、李硕勋也来发表过讲演，他们为沙汀、艾芜上了人生哲学的第一课。沙汀的家乡安县那一幕幕大鱼吃小鱼的悲惨画面无时不在啃啮着这位寂寞少年的心，而今到了成都，同样看不到锦江春色，花近高楼，唯有玉垒浮云、千秋雪岭时时掠过沙汀的眼帘。沙汀这位善于思考的青年学子想把这些人间的不平统统揭露出来，然而他不知道该怎样入手，于是找到了文学好友艾芜。他们想组成一个文学社团，办一个文学刊物，像《新青年》那样呼喊出民众的苦难，把巴山蜀水的血泪哀歌呈献在世人面前，让统治者颤抖。

此时的沙汀、艾芜已经阅读了不少的进步文学刊物，文学研究会为人生的主张深深地吸引着两位文学少年的创作欲望，而创造社为艺术的执着追求也使他们顶礼膜拜，尤使他们兴奋不已的是创造社的主将郭沫若还是他们的四川老乡呢。"晓看红湿处，花重锦官城"，沙汀、艾芜沉醉在一片色彩斑斓的文学梦里，他们在老师袁诗尧的率领下，撰写稿件，油印资料，将一份份散发着油墨芳香的文学小刊物播撒到学校，播撒到社会。尽管沙汀、艾芜的文笔还是稚嫩的，但是无数读者已经从他们的笔下读到了"朱门酒肉臭，路有冻死骨"的血泪哀歌，显现了未来的文学巨星不凡的创作基础。"谢公城畔溪惊梦，苏小门前柳拂头"，走马锦城西的沙汀、艾芜正准备着写出更多更好的作品来的时候，成都发生了惨变，张秀熟老师被捕了，袁诗尧老师牺牲了，血雨腥风笼罩蓉城。沙汀在白色恐怖的 1927 年加入了共产党，他以哲人的智慧在谋划着未来的路标，而艾芜则踏上了充满崎岖的弯弯山路，告别了蓉城，告别了四川，开始了他的漂泊生涯。

南北烽烟万里程

1929年秋天，沙汀来到上海学习革命文艺，研究普罗文学。与沙汀的幸运相比，艾芜却要苦难得多，自从成都一别，艾芜便万里投荒来到了西南边陲的滇缅路上。多少个日日夜夜，艾芜都是和苦难的下层人民生活在一起的，山间铃响马帮来，山峡中那些盗马贼，贩鸦片的，绑票的，甚至小偷妓女都成了艾芜的伙伴。艾芜此时正经历着人生的嬗变，一方面有抱负有理想，另一方面囊中羞涩，沦落到社会的最底层，后被缅甸的英国殖民当局驱逐回到上海。一天，在四川路上，艾芜与沙汀不期而遇，沙汀给衣食无着的艾芜许多帮助。他们一起读契诃夫、高尔基、托尔斯泰，并一起写信向鲁迅先生求教革命文学的道路，于是在鲁迅的亲切教诲和引领下登上中国文坛，成为"左联"的坚强战士。

从此，他们在文学创作上佳作频传，沙汀先后发表了优秀短篇小说《在其香居茶馆里》《一个秋天的晚上》。沙汀熟悉四川农村，尤其是他的家乡一带的生活，举凡风土人情，历史掌故，社会民生，沙汀无不了然于胸，而今有了鲁迅先生的培养和扶持，沙汀的文学才思如汩汩泉水，喷涌而出。他写了乡间的流氓恶霸，写了地痞无赖，写了官僚地主，写了贫苦的农民、清贫的教师，以及社会的诸多方面，杂色人等。《在其香居茶馆里》便是这样一部刻画社会众生相的讽刺力作，《一个秋天的晚上》揭露黑暗社会对于妇女的摧残。这些优秀作品，奠定了沙汀在 20 世纪 30 年代文坛上的地位。艾芜同样以不凡的创作实绩赢得了文坛的肯定，他的优秀中篇小说《南行记》便是这一时期的扛鼎之作。两个蜀中俊杰终于成就了他们的文学梦，一个以四川农村为题材，终生矢志不渝，一个以漂泊奇遇为创作对象，毕生辛勤耕耘，在共同的希冀中弹奏出了哀婉动人的美妙乐音。"中巴之东巴东山，江水开辟流其间。白帝为高三峡镇，瞿塘险过百牢关"。既是文学知音又是四川老乡的沙汀、艾芜此时此刻同时想到了四川老家。

思家的沙汀、艾芜未能作蜀山之游，抗日战争爆发了，两位同窗兄弟、同年好友再一次生离死别，一个去了陕北延安，成为一名八路军战士，一位去了桂林，战斗在国防线上。1939 年春天，沙汀随同贺龙师长来到了河北，与战士们一道引吭高歌，"大刀向鬼子们的头上砍去"，不久写出了脍炙人口的报告文学《记贺龙》，将八路军的英武神勇描绘得淋漓尽致，极大地鼓舞了全国民众的抗日决心。"伫马太行侧，十月雪飞白。战士仍衣单，夜夜杀倭贼"。至此，沙汀的创作上到了一个巅峰期，不久创作出了他的长篇力作三部曲《淘金记》《困兽记》《还乡记》，为新文学运动又添加了几枚秦砖汉瓦。这一时期的艾芜，在经历了数年的抗战生活以后，也拿出了他的鸿篇巨制《故乡》《丰饶的原野》，从而为 20 世纪 40 年代的文学创作画上了一个浓重的句号。

文学双星俱还乡

1949 年 12 月 30 日成都解放，沙汀、艾芜与解放区文艺大军会合了。沙汀向率部解放成都的贺老总说："贺老总，我来归队了。"贺老总说："欢迎你的归队。"接下来贺老总又打趣道："你这个沙汀啊，人家都是老婆跟着老公走，你倒好，跟着老婆走。"说完爽朗大笑。对于这段典故艾芜是知道的，那是在抗战非常艰苦的年月，沙汀曾挈妇将雏离开一二九师回到后方，如今旧事重提，沙汀不免忐忑，然而贺老总何等宽厚，沙汀的眼中溢出了晶莹的泪光，艾芜也同样潸然泪下。30 年代的老党员，"左联"的老战士，如今双双又重新回到了党的旗帜之下。新中国百废待兴，沙汀、艾芜豪情满怀，青春勃发。解放区的天是明朗的天，解放区的人民好喜欢，20 世纪 50 年代初期的中国到处都是歌声，到处都是笑声。沙汀、艾芜继续用他们的笔、他们的歌声描绘着绚烂的生活，如歌的岁月，不仅如此，作为四川文艺界的主要领导，他们还把更多的精力用在了培养和扶持后进上来，为四川文艺百花园锄草修枝，培土浇灌。沙汀、艾芜的辛勤培育，终于结出了丰硕的成果。四川两大期刊《四川文学》《红岩》便是在两位老人的主持下诞生的，其中涌现出了大批的优秀作家。

秋风秋雨愁煞人，人间亦自有阴晴。20 世纪 50 年代中期，由于"左"倾，知识分子首先罹难，而文艺界更是创巨痛深。然而沙汀、艾芜以他们伟大的人格保护了一批好作家和文化人。说到尊重知识，尊重人才，四川文艺界几代作家无不交口称赞沙艾二老的盛德。有几个突出的例子，外界是不知道的。一个是罗广斌创作小说《红岩》，罗广斌是大军阀罗广文的弟弟，属川东人，1949 年《挺进报》事件之后被捕，即小说刘思扬的原型，因他与江姐在地下工作时期并不熟悉，故在创作上有一定难度，是沙艾二老鼓励他一定要写好江姐。江姐原名江竹筠，在万县从事地下工作，艾芜说万县西山之下有一景点名响雪石琴，以此作为江姐的名字寓意十分美好，罗广斌采纳了艾芜的建议，于是便有了今天我们家喻户晓的巾帼英雄江雪琴的名字。由于沙艾二老的悉心指点，热情扶持，长篇小说《红岩》成为红色经典，轰动海内外，这是四川文艺界的一大盛事。第二个例子是沙艾二老对周克芹的培养，周克芹的长篇小说《许茂和他的女儿们》的创作是有一番艰辛的经历的，而克芹的个人生活也很苍凉，是沙艾二老勉励他坚持写完，出版之后获得好评。在获得茅盾文学奖之前，又是沙汀力排众议，高度评价这部书的价值，并亲笔写信给全国作协、全国文联、中宣部等领导，予以坚决有力的推荐，最终得到周扬同志的高度重视。获得茅盾文学奖的周克芹声名大噪，还担任了省作协副主席，但是不久，家庭发生了一点变故，有的人主张在报上点名批评，又是沙艾二老站出来为周克芹说话，从而保护了他的名誉，让他又创作出了一些好的作品。作家高缨、克非的成长也与沙艾二老分不开，20 世纪 50 年代的青年诗人梁上泉的成名同样也渗透了沙艾二老的心血，人们齐声颂道：沙艾德艺在人间，春风桃李遮栏杆。曾记当年巴山月，又照夕阳满山川。

公元 1992 年，中国文坛的双子星座沙汀、艾芜走完了他们伟大而传奇的一生，双双回归故里。一个回到美丽的安昌江畔，与诗仙李白为伴，一个回到桂湖边上与状元升庵为伴，在清风明月、夕阳牧歌中静静地长眠。"兰溪春尽碧泱泱，映水兰花雨发香。楚国大夫憔悴日，应寻此路去潇湘"。敬爱的沙汀、艾芜二老，愿你们的灵魂踏着潇湘之路去和伟大的屈原相会吧。

——原载《四川日报》

1949成都解放记

毛泽东亲自点将，刘伯承、贺龙挥师入川

1949 年 10 月 1 日，站在天安门城楼上的毛泽东远望千山万水，想到了古人的一句话——"天下未乱蜀先乱，天下已治蜀后治"。当时尚有一部分国土仍在蒋介石的反动统治之下，而大西南的局势最让他放心不下，四川在整个西南格局中又起着举足轻重的作用。这是因为辛亥革命始于四川的保路运动，以后历经二次革命、护国、护法之役，四川早已是一个独立王国，军阀多如牛毛，在二三十年代就有金木水火土五大军阀之称，他们割据一方；加之，抗日战争时期，蒋介石入川，苦心经营多年，各种派系林立，使得四川的局势更为复杂。而且蜀道之难难于上青天，解放四川的任务就更为艰巨。

谁去担当如此重任呢？此时此刻，毛泽东的目光慢慢地移到了两员大将身上，一位叫刘伯承，一位叫贺龙。刘伯承系川中名将，四川的老百姓都知道他是一条龙，早年血战丰都曾失去了一只眼睛，后来又领导过四川的顺泸起义，四川的大小军阀都和他交过手，无一例外都成了他的手下败将。如今二十多年过去了，有邓小平做政委的刘伯承更是好生了

得，一个淮海战役打败了蒋介石的精锐部队，解放了中国半壁江山，作为百万雄师的统帅，刘伯承率部入川是最恰当的人选。而贺龙，这位八一南昌起义的总指挥，与四川也有千丝万缕的联系。与刘伯承一样，他也曾是四川老牌军阀熊克武的心腹爱将，早年的军旅生涯大多是在四川度过的，四川有他的故旧袍泽，师友兄弟。知人善任的毛泽东把刘伯承、贺龙亲自请到家里面授机宜，他说，叫你们二位入川是二龙戏珠，蒋介石在四川经营了二十多年，他是绝不甘心失败的，他会凭险固守，而我们呢，我们的方针是大迂回大包围，通过这种战略席卷大西南，最后解放四川。毛泽东当下决定，分成两路大军南北两线迂回包围四川，一路即南线由刘伯承挂帅，整个二野由南京、芜湖、安庆等地向西迂回，由湖南进入四川之酉、秀、黔、彭，进而攻占重庆；另一路即北线由贺龙挂帅，整个一野十八兵团由甘南、陕南出动，经四川绵阳，向西南进军，进而攻占成都。担负成都解放任务的是中国人民解放军第十八兵团，司令员叫周士第。说起这位周士第也是一位了不起的人物，他是北伐先锋，铁甲车队队长，八一南昌起义时的师长。除了周士第，随同贺龙解放成都的我军高级指挥员还有王维舟、李井泉、胡耀邦，他们都是能征惯战、军政兼优的常胜将军。他们将给蒋介石最后一击，把红旗插到天府之国的四川。

从毛泽东的住处中南海丰泽园回来，贺龙好不激动，他对老伙计王维舟说，我们两个老四川又要回去和他们过招了，可这次是政治军事双管齐下，要好好统战统战他们呢。王维舟说，是啊，过去打的是军阀战争，现在是人民革命，我们要充分发挥人民的力量，要利用四川军阀与蒋介石的矛盾，争取成都和平解放。两双大手紧紧地握在了一起，在战马嘶鸣间，由他们率领的十八兵团已来到了川北重镇剑门关，成都解放指日可待。

蒋介石欲做垂死挣扎，胡宗南又当阵前打手

蒋介石丢了东北、华北，如今又丢了华东，这西南他是死也不肯放手的。而西南的四川成都更让他绞尽脑汁，他不放心刘文辉、邓锡侯、潘文华这些地方实力派。

为此，他派他的忠实走卒胡宗南兼任川陕甘边区绥靖主任。1949年8月29日，西南军政长官公署举行扩大会议，胡宗南、王陵基、刘文辉、杨森、谷正伦、贺国光、王瓒绪、邓锡侯、孙震、潘文华、宋希濂、罗广文、李弥、何绍周等30余人参加，蒋介石、蒋经国亲自到场，做死守四川的部署。不久，川湘鄂绥靖主任宋希濂在恩施组织"川鄂湘黔最高决策委员会"，四川的酉阳、秀山、黔江、彭水、武隆、南川划入管辖范围。这胡宗南和宋希濂两位反共专家，都是黄埔一期生，跟随蒋介石征战多年。12月1日胡宗南部主力到成都附近集结，妄图进行川西平原决战。与此同时，四川省主席王陵基组织"四川反共救国自卫军"，自兼总司令，各区行政专员兼总指挥，各县县长兼司令，而成都防卫总司令盛文则是胡宗南的心腹干将。成都稽查处长周迅予，省保安司令部警保处长吴守权，卸任省会警察局长刘崇朴，均由胡宗南任命为反共救国军各纵队司令，纠集武装特务，

组织游击，抗拒解放。为了镇压人民革命，就在黎明前最黑暗的日子里，胡宗南命令盛文公布了"十杀令"，共产党员进步人士杨伯恺、王干青、于渊，四川大学学生余天觉、华西大学学生毛英才（女）等30余人被害于成都通惠门外十二桥。

据伍毅陶老人回忆，他就是在白色恐怖最为严峻的时期参加革命的。1949年12月的一天，他作为国民党粮食部的专员，掩护了一位共产党的情报工作人员，此人是二野情报处的，名叫赵力钧，专门负责到成都做邓锡侯的统战工作。在与邓锡侯谈妥之后，由赵力钧带回一部电台送往宜宾国民党二十二兵团司令郭汝瑰部。当时成都防守很严，伍毅陶不畏艰险，不仅搞到了粮食部专员的执照，而且还搞到了一部车子，骗过了国民党成都宪兵的层层盘查，一路下简阳、内江直达宜宾，顺利地完成了上级交办的任务，促成了郭汝瑰部的起义。

为了有组织有计划地配合解放成都，成都地下党根据"独立工作"的精神，于9月下旬在北巷子刘元琮处的一间楼房里开会，成立"临工委"，工作重点是策反、统战，并决定用原"小民革"的两个外围组织名称，发展"民主实践社"，进行国民党军政人员和上层人士的策反和统战工作。10月上旬，"临工委"派黄大洲、夏逊两同志，通过国民党川东防区到湖北找到二野驻四野办事处主任刘存忠做了汇报并研究了川西成都的情况。当夏、黄动身去湖北时，曾约同辜端到重庆，由辜去见西南军政长官公署副长官潘文华，递交胡春浦代表党（"临工委"）致潘的信，潘阅信后说，按你们的意见办，我马上打电报给潘清洲（二三五师师长，潘之大儿子)，叫他伺机起义。时潘清洲正由巫山沿大巴山撤向川北，后如约起义。

刘、邓、潘起义功不可没，李井泉任成都军管会主任

在刘、邓、潘三部中，以二十四军刘文辉与共产党的渊源最深，抗战初期周恩来即着手做刘文辉的工作。而刘文辉本人在四川二刘之战中败下阵来，局处西康一隅，蒋介石对他也不放心，视为异己。刘感到前途茫茫，中共根据他的情况，及时地晓以利害。周恩来在重庆数次秘密约见他，对他进行帮助教育，使他深受感动，愿意与中共建立关系，后来商定互派情报人员，并有电台联系。刘文辉对八路军驻渝办事处及《新华日报》也给予过资助，可以说是我党的老朋友了。邓锡侯部的九十五军与中共也早有关系，中上级军官中地下党员不少。

邓锡侯的老部下黄慕颜即是刘伯承的亲密战友，1927年，顺泸起义，刘伯承为司令员，黄慕颜为副司令员，以后长期战斗在敌人心脏，坚持革命，矢志不渝，影响了一批国民党军官，特别是邓锡侯的四川实力派。而潘文华的二十一军早在刘湘时代就与中共及朱毛红军有过接触，双方还签订过互不侵犯条约，在红军北上期间主动借道。据乔诚老人回忆，他的父亲乔毅夫和张斯可等刘湘智囊团人物都劝刘湘不要背死人过河，不要替蒋介石卖命。所以，这三部在人民革

命摧枯拉朽之时，迷途知返，不与蒋介石同流合污。

12月5日晚蒋介石召见刘、邓、潘，迫刘、邓、潘去台湾，被刘、邓、潘拒绝。7日午后1时，刘邓乘坐张群留给他们的汽车潜回彭县，此时，潘文华已先回彭县。8日下午王瓒绪奉蒋介石之命再次到彭县龙桥劝说刘、邓、潘回成都，同样遭到拒绝。12月9日云南卢汉通电起义，消息传来，刘文辉说，"我们再不举动，就要趴在卢汉的后排了。"10日，驻灌县的潘文华到彭县，参加研究起义大事。起义通电以刘、邓、潘共同的名义，于12日用刘文辉的电台发出，为表示不落后于卢汉，发电时把日期定为12月9日，驻西康的二十四军亦于同日起义。

据潘凌宇老人回忆，他们头天结婚，第二天他父亲潘文华就率部起义了，时任加强营长的潘凌宇偕新婚妻子金女士在仁寿家乡文公场也率全营起义，加入人民行列来。金女士说，以前对共产党的认识是陌生的，自从接触了贺龙、王维舟、李井泉等高级领导人之后，才发现共产党真伟大，王维舟给人的印象像一位老农，一位慈父，而李井泉更是艰苦朴素的典范，穿一双双鼻梁的棉鞋，对人非常谦和。后来，1950年潘文华将军逝世，作为川西区党委的最高领导人，成都市军管会主任李井泉曾亲自送葬，直到很远很远，体现了党的统战政策，使潘凌宇一家深受感动。

由于刘、邓、潘的起义，加之人民解放军的强大攻势，我二野、一野的迅速合围，解放大军从东南北三面逼近成都，国民党胡宗南等部共19个军、52个师完全陷入解放军大包围圈。第十五兵团司令罗广文、第二十兵团司令陈克非率部在郫县起义，川湘鄂绥靖主任宋希濂向川边逃窜，在峨眉以西金口河被俘。12月23日胡宗南由成都飞逃海南岛，成都防卫总司令盛文深夜由成都潜逃，27日胡宗南的精锐部队国民党第五兵团司令李文以下5万余人投降，南北两线在成都胜利会师，四川省会成都光荣解放。

29日，成都市各界123个单位组成四川省会各界庆祝解放大会，欢迎解放大军胜利进入成都。30日，中国人民解放军第一野战军司令员贺龙率解放大军胜利进入成都城，举行隆重盛大的入城式，成都全市人民热烈欢迎，欢庆成都光荣解放。《新华日报》发表社论《祝成都解放》。31日，刘伯承司令员、邓小平政治委员命令，成都市实行军事管制，成立"中国人民解放军成都军事管制委员会"。李井泉为主任，周士第等人为副主任。

——原载《四川日报》

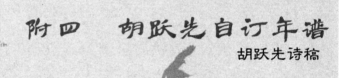

附四　胡跃先自订年谱

胡跃先诗稿

1958 年　1 岁　本年旧历七月初六，公元 1958 年 8 月 20 日，出生于四川大竹县周家镇高峰村小学，父亲静中先生、母亲达蓉先生均为乡村教师。是年毛泽东提出总路线、"大跃进"、人民公社三面旗帜，胡跃先之名遂由此来，别号发农。

1959 年　2 岁　因母亲无奶由奶娘哺养至两岁方接回，交由外祖母黄母徐氏老大人带养。本年庐山会议召开，彭德怀受到错误批判，人民公社化运动继续实行，全国出现大饥荒。

1960 年　3 岁　本年国民经济濒于崩溃的边缘，到处有饿死人现象，吾家亦感困难。

1961 年　4 岁　幺叔胡静善离家出走，后来音信杳无，三弟胡争上出生。

1962 年　5 岁　父亲由明滩双龙小学调至高峰小学，与母亲同居，全家喜得团聚，四弟胡岁丰出生。听父亲讲读抗美援越连环画《南方来信》，以及李逵打虎，先前只知武松打虎，遂对故事发生兴趣。

1963 年　6 岁　阅读大量连环画，并对父亲的文房四宝产生好奇心；尤对江西景德镇出产之笔筒以及二胡、笛子产生好感，对母亲珍藏之湘绣、蜀锦亦有好感。

1964 年　7 岁　大哥胡建新十周岁，初小毕业，就读于周家镇中心校。阅读少儿文学《列宁的故事》《一个星期六的晚上》。

1965 年　8 岁　本年开始发蒙读书，背诵毛主席诗词和毛主席语录，妹妹胡爱平出生。

1966 年　9 岁　上年全国开展四清运动，父母及全家集中到周家镇中心校学习，见批判所谓的"牛鬼蛇神"，父母惴惴不安。祖父茂修公在老家黄城寨受到批判，外祖母被清理回农村高滩红岩山接受改造。下年全国爆发"文化大革命"，红卫兵运动如火如荼，全国开始一片混乱，四弟岁丰患病夭亡。

1967 年　10 岁　父母在老家黄城寨修房子，并坚持上课。继续学习与背诵毛主席诗词和毛主席语录，开始学习珠算。

1968 年　11 岁　阅读《红旗飘飘》《星火燎原》，以及长篇小说《红岩》《古城春色》，开始对中国地图和世界地图发生兴趣，并对手抄本《毛泽东自传》发生好感。

1969 年　12 岁　外祖母双目失明，并于本年病逝，享年 68 岁。阅读古典小说《水浒传》，开始学唱样板戏。

1970 年　13 岁　阅读长篇小说《平原枪声》《破晓记》《烈火金钢》《朝阳花》，以及散文集《徂徕山漫步》，本年小学毕业。

1971 年　14 岁　本年升入初中，就读于周家镇中心校。阅读古典小说《三国演义》《说岳全传》《镜花缘》《白蛇传》，以及现代白话小说《平原烈火》《新儿女英雄传》等。

1972 年　15 岁　上年患结核性腹膜炎，在大竹县人民医院住院治疗一月，并停学。下年就读于周家区中学

74 初 2 班，担任学习委员，开始大量阅读长篇小说。本年祖父茂修公逝世，享年 72 岁。

1973 年　16 岁　加入中国共产主义青年团，并担任支部宣传委员。阅读《苦菜花》《迎春花》《草原烽火》《野火春风斗古城》《青春之歌》《三家巷》《敌后武工队》《红日》《铁道游击队》《林海雪原》《红旗谱》等。本年大哥建新到达县火车站当工人，参加修建襄渝铁路，暑假随母亲一道赴达州探亲，回家后写有长篇日记体散文《通川行十则》。

1974 年　17 岁　上年全国教育界继续开展反"回潮"运动，批判"白专道路"，但仍坚持上课，此间阅读大量长篇小说，对《战斗的青春》《钢铁是怎样炼成的》发生好感，初次接触到古典小说《红楼梦》。下年升入观音中学 76 高 4 班，并担任学习委员，团支部宣传委员。

1975 年　18 岁　本年参加评法批儒运动，开始接触到传统文化读本《三字经》《增广贤》以及《唐诗三百首》等，阅读《水浒全传》，参与批宋江以及所谓的投降派。参加学校话剧队并担任主演，初次接触到鲁迅著作，对杂文集《热风》产生兴趣，阅读了郭沫若自传《少年时代》，对未来充满无限怀想。

1976 年　19 岁　上年担任学校团总支宣传委员，开始学写旧体诗，发表《水调歌头》，在全校产生广泛影响。继续阅读《薛仁贵征东》《荡寇志》《西游记》等古典小说。下年高中毕业，插队到周家镇七星村当知青，任队长。通读了毛选一至四卷，并对第四卷产生敬意，通读鲁迅《中国小说史略》，对中国小说有了概略的了解。本年毛泽东逝世，粉碎"四人帮"。

1977年　20岁　上年阅读背诵了蘅塘退士之《唐诗三百首》及《瓯北诗话》《朱德诗选》《中华活页文选》《宋词一百首》，对旧体诗词产生浓厚兴趣，开始学写骈体文。此间还背诵了《药性赋》，并萌生了学医的想法。下年调任周家镇中心校民中教师，担任初中语文及班主任工作，阅读了古典小说《红楼梦》，开始产生创作欲望。本年底全国恢复高考，不幸落榜，但顺利进入中等专业学校。

1978年　21岁　本年4月离开家乡赴达县地区卫生学校学习，就读于79级医士1班，对中医发生浓厚兴趣，继续研读旧体诗词，对《福尔摩斯探案全集》亦有好感。

1979年　22岁　对戏剧、电影产生浓厚兴趣，观看了大量的中外影片，以及话剧、川剧，本年底赴达县地区第二人民医院参加实习，并开始练习写作，购买并阅读了吴晗《朱元璋传》。

1980年　23岁　本年4月毕业于达县地区卫生学校医士专业，到大竹县卫生局接受分配，赴大竹山后锻炼，医治头癣病，此间接触到华蓥山游击队斗争史实。

同年 10 月被分配到大竹县卫生局工作，年底赴通南巴出差，对川陕苏区和红四方面军革命历史开始了解。

1981 年　24 岁　下派到大竹县永兴乡柑子村搞农村工作，继续阅读大量书籍，构思创作长篇小说《杜鹃啼血》，学习和钻研了王力《古代汉语》，通读了邓拓《燕山夜话》。

1982 年　25 岁　与杜晓云女士结婚，迁入新居，开始了新的生活。阅读大量文艺书籍，计有《瀛台泣血记》《御香缥缈录》《彭德怀自述》《我的前半生》《聊斋志异》《金陵春梦》《李宗仁回忆录》《官场现形记》《二十年目睹之怪现状》等数十余种。本年底再赴通南巴老区，收集了许多文学素材，参观游览了川陕苏区博物馆、巴中南龛坡摩崖石刻等。

1983 年　26 岁　儿子胡为希出生。上年率卫生局团支部赴渝参观学习，参观了渣滓洞、白公馆、红岩村、曾家岩等革命历史纪念地，下年创作出了八场川剧《杜鹃啼血》。本年阅读了大量的新时期优秀文学，对《许茂和他的女儿们》《芙蓉镇》，以及报告文学《将军决战岂止在战场》发生好感。

1984 年　27 岁　考入中央电大党政干部专修科，在大竹县委党校离职脱产学习两年，开始系统学习大学全部课程，阅读了《蒋经国传》，并对人物传记产生浓厚兴趣，对《曾国藩教子书》亦有兴趣，通读

《毛泽东书信选集》。

1985 年　28 岁　继续在电大学习，并对未来做出初步安排，萌生调动工作的想法，年底加入中国共产党。阅读了大量的文学名著，尤对茅盾《子夜》、郁达夫《沉沦》、林语堂《京华烟云》、斯诺《西行漫记》及冯梦龙、凌蒙初"三言二拍"产生敬意。

1986 年　29 岁　年初与电大同学一道举行了长江万里行活动，参观游览了渝、鄂、湘、赣、皖、苏、沪、浙等八省市风景名胜区，写出了毕业论文《李绍伊与孝义会》，并顺利通过毕业。本年 10 月调入中共大竹县委宣传部工作，任理论科理论教员。阅读了索尔兹伯里《长征——前所未闻的故事》《中国历代大预言》，李淳风、袁天罡《推背图》，刘伯温《烧饼歌》，以及《智囊全集》《儒林外史》《中国戏曲史》《持故小集》等。

1987 年　30 岁　本年 9 月考入中共四川省委党校哲学本科班，赴蓉离职脱产学习两年，年底发表诗歌《献给老师的歌》、杂感《荷花就叫荷花——兼谈观念更新》、散文《萧瑟秋风今又是》。同年祖母冷太夫人仙逝，享年 90 岁。

1988 年　31 岁　继续在光华村省委党校学习，此间阅读了许多文艺及政治方面的书籍，计有《隋炀艳史》《金瓶梅》《肉蒲团》《古文观止》《抗美援朝纪实》《延安日记》《张国焘回忆录》和李宗吾《厚黑学大全》等数十余种，对党史和近代史发生浓厚兴趣，并有研究之欲望。同年与全班同学一道参观游览了青城山、都江堰，以及大邑县地主庄园陈列馆、新都桂湖、宝光寺等。本年暑假杜晓云携子胡为希到成都探亲，一家三口参观游览了杜甫草堂、武侯祠、望江公园、青羊宫、文殊院、成都动物园、成都游乐园、百花潭等风景名胜地。

1989 年 32 岁 　上年写出毕业论文《领袖与人才——略及毛泽东建国过程中成功的人才思想》，并获优秀论文奖，顺利通过本科学业。下年回到大竹县委宣传部，并继续担任理论科理论教员。

1990 年 33 岁 　上年下派到大竹县清水乡搞农村工作，此间创作出十集电视连续剧文学剧本《泪洒扬子江》，下年 10 月赴京联系剧本拍摄事宜，并参观游览了天安门、人民英雄纪念碑、人民大会堂、故宫、毛主席纪念堂、中国革命博物馆、中国历史博物馆、中国军事博物馆、天坛、亚运村、八一电影制片厂、中央电视台、北海、郭沫若故居、大观园、颐和园、香山、十三陵、长城八达岭等名胜古迹。本年调入大竹县爱卫会工作，任办公室副主任，并迁入新居。

1991 年 34 岁 　上年到云南、贵州参观学习，游览了昆明滇池、西山龙门、聂耳墓、贵阳花溪等风景名胜地。下年调入大竹县政协工作，任文史专干，副主任科员，开始编辑《大竹解放纪实专辑——竹阳春晓》，写出八十句古风《铜锣招魂歌》。

1992年　35岁　上年负责主编并出版了《竹阳春晓》，获得广泛好评。下年到成都联系工作，赴宜宾红楼梦酒厂参观学习，写出了长篇报告文学《万里长江第一酒》，并获发表。年底调入成都市青白江区委党校工作，任马列主义哲学课专职教师，全家迁入新的地方。

1993年　36岁　继续为四川省企业家协会撰写文章，发表了《烈火焚烧青衣江》《中国西部太阳神》等长篇报告文学，在西昌凉山期间，参观游览了邛海、西昌卫星发射基地，并第一次坐飞机。通读《历代帝王智谋全书》《精编廿六史》《欢喜冤家》。本年发表论文《领袖与人才——略及毛泽东建国过程中成功的人才思想》《为有牺牲多壮志——略论毛泽东诗词和著作中的道德思想》，并受四川省人艺邀请创作电视剧《阿姨，你别走》（三集）、八场话剧《暴风雨前》（取材于李劼人同名小说）。年底赴蓉另谋工作，任四川《晚霞报》编辑，写出一百句古风《中华百年歌》，并获发表。

1994年　37岁　上年在《四川政协报》担任副刊编辑，学习和阅读了王国维《人间词话》，赴绵阳参观访问，写出长篇纪实文学《想当年金戈铁马，气吞万里如虎——四川绵阳三国遗迹访古》，发表随笔《指南针茶馆十则》，写出七十句古风《黄城冬日歌》。下年10月以全省第一名的成绩考入四川日报《华西都市报》，任文化娱乐版责任编辑。

1995年　38岁　开始创作长篇随笔《翡翠轩漫笔》，中篇小说《黄城寨下》、《续黄城寨下》（文言），以及一百二十回本章回小说《四川军阀通俗演义》。

1996年　39岁　本年联系出书事宜，并写出《翡翠轩漫笔序——独立寒秋一少年》，继续与四川省人艺合作，联系拍摄演出事宜。

1997年　40岁　本年写出大量诗文，计有《京都十咏》《长江二十咏》《滇黔四题》《黄城人物谱》等数十余篇足可欣慰的旧体诗词，同年杜晓云回到青白江防疫站工作，开始两地分居，发表诗歌《梅花》。

1998年　41岁　被《华西都市报》个别人错误地降职为校对，同年受《旅游文化报》邀请，担任副刊责任编辑。心绪不佳，百感苍凉。

1999年　42岁　离开《华西都市报》，同年考入四川日报《文摘周报》，担任责任编辑，本年迁入成都水碾河新居，对未来做出新的安排。阅读大量古典艳情小说，通读《中国历代禁书大全》《清朝白话野史大观》，以及纪晓岚《阅微草堂笔记》，对《徐志摩诗选》发生兴趣。

2000年　43岁　再一次遭受挫折，不得已到《蜀报》担任校对，并受四川省人艺邀请，策划创作出二十集电视连续剧《成都官妓》《成都大风暴》故事梗概。同年10月离家出走，到上海另谋新职。

2001 年　44 岁　在上海流浪，读书学习，阅读了许多畅销书，同时在上海现代领导杂志社担任撰稿，此间受上海人艺邀请创作出八场话剧《大唐诗人白居易》。写出大量诗文，计有《蓉城八首》《旅次上海八首》等优秀篇什。年底回到成都市青白江区委党校，写出一百三十二句古风《峨眉山月歌天下之胜在嘉州哀呈沫若》。本年与杜晓云离婚，儿子胡为希考入西华大学。

2002 年　45 岁　本年 5 月赴京参加中国 21 世纪当代文学研究会，同时编印《胡跃先诗稿初集》，在京期间写出《江山独行歌词十首》，并参观游览了鲁迅故居、西山曹雪芹故居、北京大学、清华大学、宋庆龄故居、恭王府，访问了郭沫若故居，并赠送诗集。6 月回川，到成都华西医科大学附属医院治疗一月，此间写出旧体诗《怀雪芹六首》。下年写出文学评论《两个悲剧人生——高觉新与汪文轩人物性格之比较》。通读《三袁随笔》《包惠僧回忆录》《冈村宁次回忆录》等。

2003 年　46 岁　撰写和编印了文言散文集《松竹轩梦游杂记初集》，参观游览了成都野生动物园、黄龙溪古镇。通读《唐诗别裁》《杨升庵全集》等。本年旧历四月二十三母亲病逝，享年 80 岁。

2004 年　47 岁　上年参观游览了蒲江石象湖、南充罗瑞卿故居、陈寿纪念馆、广安邓小平故居以及重庆新区，写出纪念邓小平百年诞辰文章《豪情盖世看

今朝》，以及《胡跃先山村五记》。年底在《四川
日报》发表了纪念沙汀、艾芜百年诞辰的文章
《回望双星》，以及《成都解放大事记》《中共才
子田家英》《红色经典作家罗广斌》等。通读袁
枚《随园诗话》，购买并阅读了"四书""五经"。
同年撰写和编印了文言散文集《松竹轩梦游杂记
二集》，晋升为副主任科员。

2005 年　48 岁　晋升为主任科员，继续写出大量诗文，并
编印《胡跃先诗稿二集》，即《胡跃先诗词一百
首》，写出长篇散文《百年风雨周家场》。本年儿
子胡为希大学毕业，并参加工作，同年通读司马
迁《史记》《王明传》《女聊斋志异》《孙犁散
文集》。

2006 年　49 岁　本年初借调到成都市地方志办公室工作，
任成都大事记《党报大事》撰稿、责任编辑。本
年写出《蓉城八景》《府南河上踏歌行》《游蒲
江石象湖后忆》《忆黄鹤楼》《忆南京玄武湖》
《忆上海东方明珠塔》等大量旧体诗，阅读《近三
百年人物年谱知见录》。本年与廖琦女士结婚，并
同游江油李白故里、窦圌山。

2007 年　50 岁　本年继续写出大量旧体诗，并结集成篇计
200 余首，阅读周作人回忆录《知堂回想录》，发
表《南水北调随笔四则》《南水北调组诗十首》。
10 月与市志办同仁游甘孜、阿坝，沿红军长征路
线行进数百公里，翻越 4000 余米之夹金山，过大

渡河、泸定桥。年底回到中共成都市青白江区委党校工作，继续任教。

2008年　51岁　读《小窗幽记》《宋代的隐士与文学》，于国庆节游峨眉山，本年汶川大地震。

2009年　52岁　读沈从文《无从驯服的斑马》、余秋雨《笛声何处》，游邛崃天台山。

2010年　53岁　读《东周列国志》《资治通鉴》，与单位同仁游云南丽江，参观木王府，本年被评为成都市委党校系统优秀教师。

2011年　54岁　读《他改变了中国——江泽民传》，以及《胡锦涛传》，与单位同仁游人间天堂九寨沟，写出电影文学剧本《文联大业》。本年迁入新居，得90老父赞曰——戎马半生，有此足矣！

2012年　55岁　读《近三百年名家词选》，与家人同游浙江、上海诸多风景名胜，饱览祖国山河的巨大变化。

2013年　56岁　本年再读《邓小平传》《胡耀邦传》。与家人同游广西桂林，参观贵州黄果树瀑布，写出三十集电视连续剧《毛泽东和文艺家们》分集梗概，同年被评为高级讲师。

千古苍茫谁可知（代跋）

◎ 胡跃先

　　我的这部书叫《胡跃先诗稿》，既然是诗稿就要以诗论英雄，任何多余的话都是饶舌，所以我没有写序，而是以《诗话平生三首》作为代序。至于后记我也想用三首小诗代之，但是想来想去仍然不能脱俗，似乎要写一些话才能解决问题。那么说什么好呢，说我的诗好，那又不是事实，说我的诗不好，那也与事实不符。这个问题我不好评判，还是交给读者去解决吧。年轻时读过《唐诗三百首》，也读过《瓯北诗话》和《人间词话》，看我的《胡跃先自订年谱》便知道我的学诗历程。在诗词上我的启蒙老师当然是我的父亲胡静中先生，以后读高中又有我的恩师邵启群先生教我学平仄，但真正让我大长知识的还是近几年来在中华诗词论坛上的广大诗友，是他们给了我极大的帮助，使我从一知半解到初步掌握了一些技巧，虽然未能登堂入室，但也领略了诗词王国里的诸多美景。是诗让我解脱烦恼，是诗让我攀登一座又一座高峰，抵达人生的彼岸。我与诗朝夕相伴四十年，它见证了我的春花秋月，也见证了我的四季轮回，如果没有诗我不敢想象我会从容地走到今天，所以我要大声地说感谢诗，感谢生活，感谢一切厚爱我的朋友们！

我写旧体诗词完全遵从古法，用平水韵。至于题材则不拘一格，兴之所至皆为我用。诗断断续续地写了几十年，但真正能够拿得出手的还是近几年来的一些东西，虽然也有英雄豪杰，也有文人雅士，也有名胜古迹，也有风花雪月，也有家国情怀，也有个人感悟，但我在目录排序上没有这样划分，而是按《唐诗三百首》的路子来编辑的。全书共收七律84首，七绝94首，五律15首，五绝10首，词曲34首，古风132首，合计旧体诗词一共收了369首。另外还有对联10则，新诗歌词30首。这大抵是我半生心血的全部，记录了我对祖国，对人民，对万里河山，对千秋功罪，以及对无悔人生的一点感悟。诗虽不是太好，但却是我的真情实感，没有半点矫揉造作，此一点最让我欣慰。人生识字糊涂始，千古苍茫谁可知？现在《胡跃先诗稿》终于付梓出版了，就让它与广大读者做一次最为真切的交流吧，我期待着大家的不吝指教。

真诚地感谢流沙河先生为本书题签。非常感谢中华诗词书画交流协会常务理事、香港诗词学会副会长、香港诗词副主编张淑萱女士为本书作序，香港诗词律诗绝句版主游畅对本书给予了热情洋溢的赞誉，四川文艺出版社张庆宁主任为本书的编辑出版付出了极大的辛劳，在此一并表示衷心的感谢。老师们，我不会忘记你们！

最后，以三首小诗结束后记。

其一　十三覃

年来物态已常参，每在屏前相与谈。

家国千秋谁可问，人间万事我何担？

惜春未必留春住，赏菊当须对菊涵。

且向山中邀朗月，举杯还自洒烟岚。

其二　十四盐

五十五年梦未甜，半生漂泊命常淹。

春风不与人相爱，冬雪频来书也霑。

杜甫经秋唯八首，文王遇事有三占。

前途或许真无缺，日上中天君莫嫌。

其三　十五咸

车书万里不平凡，我自向天问紫衫。

未有人穷即入俗，更无身显便登岩。

长空惯喜英雄气，大海犹惊壮士帆。

一笑人生多傲骨，严冬去后隐高巉。

2014年5月于成都青白江

时年56岁